**尼基·德莱登著有**

《守望先锋：努巴尼的英雄》

《众神的猎物》

《脾气》

《成群逃离》

《我的世界：末影龙》

# MINECRAFT
# 我的世界：末影龙

MOJANG STUDIOS

# MINECRAFT
# 我的世界：末影龙

[美]尼基·德莱登 著
丁卓祥 王翼瑞 译

MOJANG STUDIOS
童趣出版有限公司编译 人民邮电出版社出版
北 京

图书在版编目（CIP）数据

我的世界 ： 末影龙 / （美） 尼基·德莱登著 ； 童趣出版有限公司编译 ； 丁卓祥， 王翼瑞译. -- 北京 ： 人民邮电出版社， 2022.7
ISBN 978-7-115-59253-8

Ⅰ. ①我… Ⅱ. ①尼… ②童… ③丁… ④王… Ⅲ. ①儿童小说－长篇小说－美国－现代 Ⅳ. ①I712.84

中国版本图书馆CIP数据核字(2022)第088757号

---

著作权合同登记号 图字：01-2021-7398



---

著　　：[美]尼基·德莱登
译　　：丁卓祥　王翼瑞
责任编辑：边二华
责任印制：李晓敏
封面设计：林昕瑶
排版制作：李凤敏

---

编　译：童趣出版有限公司
出　版：人民邮电出版社
地　址：北京市丰台区成寿寺路11号邮电出版大厦（100164）
网　址：www.childrenfun.com.cn

---

读者热线：010-81054177
经销电话：010-81054120

---

印　刷：北京华联印刷有限公司
开　本：889×1194　1/32
印　张：7.5
字　数：220千字
版　次：2022年7月第1版　2023年4月第2次印刷
书　号：ISBN 978-7-115-59253-8
定　价：59.00元

---

献给爱丽克丝：

你是奇妙世界的建造者，

你是伟大发明的创造者，

你的灵感与想象力指引我往返于末地与现实之间。

# 第一章

泽塔躲藏在小镇广场边上的一株仙人掌后，等着最后几个下班的人收工回家吃饭。夕阳西下，打在褐土沙丘上的影子越拉越长。泽塔脚下的沙地随着日落而慢慢转凉，连微风都开始变得凉爽起来。

泽塔一只手紧紧拉着她的蓝色上衣领口掩着面，另一只手紧张地抓住她的背包。包里装着她所有的玻璃瓶、下界疣，还有她最为自豪的酿造台。她是褐土沙丘里最伟大的酿药师，好吧，她也是褐土沙丘里唯一一个酿药师。总有一天，她会成长起来。但这一切的一切她都需要学习，首先是学会如何悄悄地把这些玻璃瓶给装满。

小镇广场的中央矗立着一座砂岩塔，小窗户一直通到塔顶，塔顶悬挂着一个大号的铜钟，用于在紧急时刻召集镇上所有的人。而在钟塔底部的阴影之中，藏着小镇唯一的一口井。沙漠之中，最稀缺的就是水。水的价值很高，获取超过你所必需的水量是不允许的。如果人们看见泽塔经常给她的玻璃瓶装水，他们就会起疑，开始想要搞清楚她究竟在忙些什么。她绝不能让任何人发现她在酿制药水。至少目前不行，尤其是她的父亲。

泽塔仔细地看着广场上的店老板们都开始收起他们户外的各种陈列。水果店的老板收起她的水果摊子，小心地把西瓜、浆果还有异域的苹果收起来以待明日出售。黏液店的老板把展示的黏液块装回箱子里。

广场北侧靠近镇公所的地方，书店老板看完书的最后几页，叹了口气，把它塞回一个孤零零的书架上。显然他曾经运营着一座颇具规模的书店，直到某一天，褐土沙丘的人们失去了对世界的好奇心，故步自封。如今，这座陈旧的书店成了仙人掌的苗圃，显然褐土沙丘更加需要这种东西。

终于，广场上没什么人了。泽塔跑到井边，若无其事地站着，试图表现得自然一点儿。越想要掩饰越漏洞百出，她的双手颤抖着，视线也四处游离。她小心翼翼地把手探进包里，掏出一个玻璃瓶。刚打开瓶塞，就在她躬身装水的时候，听到了沙子上传来的脚步声在一点点靠近。她连忙挺直身子，把瓶子藏回包里。原来是玛克辛镇长来了。

“又是一个褐土沙丘的美好夜晚！”玛克辛镇长并没有刻意地说些什么。她站得笔挺端庄，身上传来一股幽幽花香，这种花无法直面沙漠的烈阳。

“是啊，真美好！”泽塔连忙附和，“我就是坐在这儿，吹吹夜风。”心里却语无伦次地为自己辩解：并没有去试着偷……嗯，借……呃，去整点水来酿制药水，就在这个不怎么需要酿药师的镇子里。

“谢天谢地，这墙现在建造得挺顺利。我很欣赏你在陶瓦矿上的工作。我们需要更多像你这样的人才能保护镇子。”玛克辛镇长低头望着泽塔，似乎在说：谢谢你的付出，我就是镇长。

泽塔立刻就想到在自己的棕色皮肤上所覆盖的厚厚一层橙色陶瓦矿粉，她的睫毛上，她浓密的黑发中，她的袜子里。她在矿里工作的时候吸满了这种物质，哪怕是有一天她打喷嚏喷出一块陶土砖，她都不会惊讶。

“这墙确实相当不错，没错。”泽塔紧咬着牙应和着。实际上她觉得在镇子周围建设的新城墙相当碍眼。但是泽塔能够在这里赚够钱买一个酿造台，所以她也不好抱怨什么。

“保重。”玛克辛镇长说着就匆匆忙忙地走了，好似一匹小马。

泽塔松了口气，回身迅速地装满瓶子。她不理解为什么要这么小心地用水，这口井的井水似乎源源不绝，曾经她给爷爷装了满满十桶水，但是水位连一寸都没有下降。

忽然有人拍了拍泽塔的肩膀，她一惊，差点把玻璃瓶滑进井里。最后一刻她抓回了瓶子，然后回头看到了自己的父亲。他胸肌发达，散发着一种奇妙的魅力，是人群中的焦点。

“爸爸！我……”泽塔忽然口吃了起来。她得赶紧想个话题，得抓紧，这样爸爸就不会太在意瓶子的事了。

镇子里的铁匠在井的对面开了一家店，橱窗上面写着“无附魔”，后面陈列着数十件由石头和铁做成的武器与工具。泽塔知道实际上也有钻石工具，但是那些都被锁在后面的保险柜里。

“我马上要去问问一把铁镐的价钱，”泽塔说，“我在想着怎么提高挖矿的效率！”

她父亲板着的面孔露出一点儿微笑，眼睛里带着光：“算是对工作开始上心了吗，嗯？”

父亲的微笑加剧了泽塔的愧疚。她是矿工的女儿，所以大家都希望她能和父亲一样热爱采矿，并精于此道。但是采矿可以算得上是泽塔最讨厌的事情了，差不多也是她最排斥的事情了。

泽塔清了清嗓子：“我得赶在人家下班前再去看看，晚饭见！”然后泽塔一头钻进铁匠铺，假装在看那些她根本买不起的铁镐。她透过橱窗看到父亲在广场散步，并不是很急的样子。

只要父亲还在外面，泽塔就无法将瓶子装满水。或许她可以去爷爷奶奶的农场那里碰碰运气，虽然同样有风险，但是她没有选择。直到父亲和镇长搭上话后，她才找到机会冲出商店，奔向小镇的南边。

褐土沙丘的这个沙漠小镇中，有着一片绿洲，里面有一座农场，甘蔗挺立于微风之中，胡萝卜的绿叶摆荡着，鸡在鸡舍里踱步，咯咯叫着，渴求着下一餐。一个用旧栅栏、干草块还有南瓜雕刻做出的稻草人守护着奈特爷爷的土豆私田，这片田里的土豆明显要比其他地方的土豆大。

就在离这儿大概六七米远的地方，泽塔的堂弟奥斯滕正热火朝天地用锄头挥向那些齐腰高的小麦秆。这些小麦不知道为何就在沙漠这种艰难的环境里长了起来。堂弟的活儿差不多要忙完了，泽塔琢磨着。她需要水，而且太阳也快下山了。此外，她现在或许能够给她的药水再多弄点其他材料。

泽塔坚信自己这次不会再有问题了。初次酿药的时候，发生的爆炸几乎烧光了她的眉毛，现在它们差不多又都长齐了。而现在她已经很擅长酿制难喝的药水了，尽管这种药水只能把她的卧室搞得一整天都是怪味道。

最后，奥斯滕把所有的小麦都收到了他的背包里，然后补种上种子，回身走向鸡舍。泽塔松了口气，潜行着走向了麦田。这片麦田给沙漠小镇提供了制作硬面包的小麦面粉，有时候这些小麦面粉也会被制成蛋糕和曲奇。现在她脚下不再是熟悉的沙地，而是棕色的土壤，尽管太阳无情地洒下阳光，但是土壤依旧又软又凉。

泽塔潜行过了麦田，走到灌溉用的小溪边上。泽塔跪在水边，心中的愧疚感让她开始不安起来，所以她提醒自己不要拿太多，只要能够装满她练习酿制迅捷药水的量，刚好三瓶就够了。她希望这次用简单的配方会有更好的效果。

她昨晚做的隐身药水看上去怪怪的，她心里没个底，实在是不敢去试。或许是下界疣放坏了吧，这个东西哪怕在刚采摘那会儿也是一种介于腐烂的蘑菇与出汗的腋窝之间的味道，所以这还真不好说。发酵蛛眼也是差不多的问题，泽塔把它们单独收在箱子里，因为它们实在是太难看了，而且总是在瞪着她。

农场里到处都是可以用于酿制迅捷药水的甘蔗。奥斯滕正在追赶两只从鸡舍里逃出来的小鸡，不过没多久他就用种子把它们引了回来。奥斯滕很擅长应付动物，猪、羊还有鸡都很喜欢他，他尤其被镇上唯一的奶牛金吉尔所喜爱。不幸的是，对于现在的泽塔来说，奥斯滕太爱动物了。现在他正盘腿坐着抚摸每只小鸡，还轻轻哼唱着歌谣。

一首似乎永不停息的歌谣。

但是泽塔只有等到他出来后才能拿到从甘蔗中提取的糖。褐土沙丘里的砂岩房屋紧密地排布着，以至于泽塔可以从自家窗户里探出身，向她的邻居要一杯糖。她的邻居都是些好人，虽然都没什么东西，但是人人都乐于分享。但是同样地，他们也挺八卦的。而泽塔最不希望的就是他们把她酿制药水的事情传到她父亲的耳中，这样父亲就会去和镇长说，然后泽塔就会被带到镇长那里进行严厉的训话，被警告要过简单的生活，远离药水、红石、附魔还有其他诸如此类的事物。

这也是泽塔如此厌恶新墙的原因。镇长说这是为了防止敌对的生物入侵，但是除了尸壳、骷髅还有偶尔发生的袭击之外，褐土沙丘其实还蛮安全的。泽塔认为这堵墙与其说是为了防止危险的发生，不如说是为了防止其他人进来。小镇外面有很多有趣的事物，但是没什么人敢离开镇子。泽塔有个叫梅丽尔的姑妈却是个例外，可惜泽塔对她没什么印象，因为梅丽尔姑妈跑到北部的山上那会儿，她还在用尿布呢。

最后泽塔有了个点子，或许不是很好，但是如果她想要在将来成为褐土沙丘中最好的酿药师，她最好现在就开始靠自己。她完全不用等奥斯滕离开，她可以靠自己的隐身药水悄悄地从他身边溜过去。她从背包里拿出一个玻璃瓶，瓶里的液体闪着淡紫色的光。

看上去不错，可是当泽塔打开瓶盖，一股刺鼻的味道便冲脸袭来，让她反胃，几次喘气后她才缓了过来。她捏住鼻子，一口气喝了一瓶药水。她浑身都在发痒，好似蠹虫在噬咬。这就是魔法的感觉吗？她的药水生效了吗？她隐身了吗？

她在脸前摇了摇手，但是啥都没看见，一种怪异的感觉涌上她的心头，她的心在颤抖，她就像站在陡峭的悬崖边上。

她从麦田里站直了身，不再躲在那些金色的小麦后。现在她可以安全地走过她的堂弟身边而不被发现。若她被发现的话，堂弟就会告诉他们的爷爷奶奶，她的父亲也就会知道，然后她就完蛋了。但是她现在可不用担心这个。她穿过了麦田和土豆地，直到奥斯滕的身边。这药水的药效有多久，泽塔并不是很确定，就像她堂弟说的，她在酿药这事上还是个菜鸟。就算如此，这点子管用还是令她相当兴奋。

“谁是最乖的小鸡？乖小鸡说的是谁啊？”奥斯滕摸着

小鸡那鲜红的垂肉问着，“是萨尔玛，没错，是她！”

萨尔玛鼓起翅膀。

“那谁又是全世界最可爱的小鸡呢？”他疼爱地抚摸另一只小鸡，“肯定是奈拉！绝对是她！”奈拉用喙蹭了蹭奥斯滕的胸。“你是最可爱的……”

奥斯滕停下来，转过身来，他直直地看着泽塔站着的地方。她像圆石一样一动不动，屏住了呼吸。

“嗯，……是堂姐泽塔吗？”奥斯滕问道。

哦，不，她暴露了。“你能看见我？”泽塔失望地叫道。

“呃，是的，一部分，你……你的头……”奥斯滕棕色的大眼珠子瞪得巨大，“不是在飘着还是什么？”

“我酿药的时候一定是太急了，”泽塔咕哝着，“或者我下界疣用得不够，不要告诉奶奶还有爷爷我在外面，好吗？拜托了！”

“我会的……除非你让我下次去参加你们出去狩猎的活动……”

泽塔叹了口气，向牛圈走去，想接一桶牛奶用于消除她那半成不就的药水效果，奥斯滕跟在后面跑着。

“你还太小了，大晚上去沙漠中可太危险了，”泽塔说道，“或许等你长大点就行了。”

“从我八岁的时候你就一直这么说了！我已经长大了，我可以的！”

“我知道你确实长了不少，但是外面真的相当危险。”

泽塔低语着，她拿起一个空桶，推开了金吉尔的圈门。泽塔一进门就吓坏了那头奶牛，毕竟她是个没身体的脑袋。金吉尔吓得跑到另一头，泽塔不懂奶牛的叫声，不过她相信，就凭奶牛那狂叫的样子，她都可以不用想着去试着接近它。

她望着奥斯滕，他已经长大了，很瘦，但是和她一样高。奥斯滕有着黑色的卷发、纯真的眼神和敏捷的头脑。他在一些地方仍然很天真，沉浸在幻想中，谈论着有毒的龙、炽热的烈焰人和可怕的恶魂，并且总是在他那破旧的笔记本上描绘它们。那些是大人们想象出来的东西，目的是让孩子们感到害怕，不敢离家太远。

泽塔不再相信这个了，不过她也得承认她的堂弟已经不小了，或许是时候让他加入她和朋友们的狩猎了。她又叹了口气，然后把桶推给奥斯滕："好吧，先给我打点牛奶吧，答应我别告诉奶奶和爷爷，我回去同瑞特和雷恩聊聊看能不能让你加入，但是我不能保证结果，不过我会挺你的。"

"成交！"奥斯滕说。

泽塔伸出手想要拍手拉钩作个数，当然这没啥用，毕竟手还是隐身的。好处是奥斯滕没有发现她的失态，也不可能注意到。奥斯滕跑向金吉尔，安抚了它好一会儿，然后带着一桶温热的牛奶回来了。

泽塔干了这桶奶，感受到魔法正在远离她身体里的每一个角落，然后她又恢复了原来的样子，完全地不透明。虽然她对下次的酿制很有把握，但是手上常备一些牛奶或许是个不错的主意。她把桶还给了奥斯滕，奥斯滕笑得很开心，她也不好再得寸进尺讨一些糖。迅捷药水只能再等等了。

“泽塔！”鸡舍后传来瑞特的声音。

她回头看到她最好的朋友——双胞胎瑞特和雷恩刚刚狩猎归来。

瑞特穿着一身由兔子皮毛制成的绿色皮甲，他黑色的尖刺头是每天早上用一把黏液发胶抹出的成果，一抹邪笑就代表着他在想些坏点子。雷恩穿着一件简单的白色外衣，脖子上围着一条青绿色的围巾。他们背上挂着弓箭。泽塔能看出她的朋友们猎杀僵尸得胜归来，她站着不动就可以闻到他们收集的腐肉味。

“嘿，瑞特！嘿，雷恩！”她喊道，然后突然想起了她对堂弟的承诺。呃，接下来可就尴尬了。

雷恩从他们的背包里掏出几块骨头扔给了奥斯滕。“拿去种地。”他说，然后拨开眼前厚厚的刘海。泽塔不知道雷恩在这么厚的刘海之后是怎么保持那么好的箭术的。

“谢了，雷恩！”奥斯滕说，“泽塔，你打算问问你朋友我能不能一起吗，还是怎么说？”他的话让泽塔胃疼起来。

“嘿，小子，”泽塔用轻快的语气说道，很假，她知道这点，但是现在也没法回头了，“你知道的，我在农场那边的筒仓里看到一些火把，或许你能去帮我看看？如果灭了，就换一批。我可不希望怪物跑到城里。”

“你只是想甩开我，是不是？”奥斯滕皱起眉头反问。

“不，我……”

“你可不能把奥斯滕一个人给支走，”瑞特带着诡异的笑容插嘴说道，“要是他撞上杀手兔或是什么该怎么办？他还太小。”

奥斯滕跳了起来。“我已经够大了，那边我经常去，如果我遇到杀手兔什么的，就让它瞧瞧这个。”他掏出一把石剑晃了晃。如果有什么能让奥斯滕兴奋的话，恐怕就是那些虚幻生物了吧。这孩子的想象力太活跃了，泽塔现在几乎能直接看到他脑海中的大冒险。“我马上回来！”她的堂弟遥遥喊着。

太阳已经快下山了，怪物们很快就会全部出来了。

“奥斯滕今晚想要和我们一起去狩猎。”泽塔悄悄和朋友们说道。

“我想，他已经够大了。如果他这次来，我没意见，我会保证他的安全。”雷恩扬了扬眉回答。

“听起来不错。”瑞特点头附和。

泽塔摇了摇头，她以为她的朋友们至少会有一点点抗拒。“但是外面太危险了，尤其是在他父母遭遇不幸之后……”

每个人都记得奥斯滕的父母发生了什么。他们都是矿工，曾艰难跋涉数日前往大裂谷。这道裂谷相当巨大，有上千千米长，就像是穿过沙漠的一道伤疤。而在陡峭悬崖的深处，有露出来的矿脉——黄金、铁、钻石，但底部有一股滚滚的熔岩流，使那些寻找财富的勇者望而却步。奥斯滕的父母去大裂谷探险了，但他们再也没有回来。这给他们的家庭留下了一道伤疤，一道和大裂谷一样深的伤疤。

“我回来了！”奥斯滕气喘吁吁地说。那孩子跑起来快得惊人。汗水在他的额头上闪闪发光。“你问他们了吗？”

泽塔把一只手放在奥斯滕的肩膀上。“是的，我们都认为你还太年轻。但是很快，真的很快，好吗？”

奥斯滕对泽塔摆出的那张哭脸让她真希望自己还是隐身的。她理解这对他的意义。她挤了个鬼脸，看着他拖着沉重的脚步离开，漫无目的地踢着泥土中松散的圆石。他很生气，很失望，但是他在这里很安全。

“来吧，走吧。”泽塔对她的朋友们说，他们并不惊异于她的谎言。在褐土沙丘，家人就是一切，他们知道最好不要插手别人家的事情。“我们要去狩猎了。”

# 第二章

三人翻过了陶瓦墙。那里，几支火把映照着古旧的木牌，警示他们即将进入危险生物游荡的地带。但是泽塔并不害怕，因为雷恩的弓箭蓄势待发。瑞特和泽塔还带了石剑，虽然它们的耐久度可能是个问题。在这里，石头可是不可多得的资源，要找到它，得先在沙地里深挖，随时都有被掩埋的危险。木头更是稀缺，以至于每次他们看到地上有枯萎的灌木丛时，都要过去翻翻，看看有没有木棍。

没过多久，泽塔就听到了蜘蛛窸窸窣窣接近的声音，红色的眼睛在黑暗中凝视着。好恐怖，但也好有用。收集酿制药水的材料是一件费时费力的事情，但还好泽塔的朋友们伸出了援手，否则靠她自己一个人肯定无法完成这件事。

"我来对付这只。"泽塔说着，用出汗的手握紧了剑。她已经斩杀过好几十只蜘蛛了，但这绝非易事。她睁着一只眼接近了它，发抖的手臂举着剑划过了长着八只脚的巨大身躯。蜘蛛往后跳了一下，毫不顾忌刚才受到的伤害，露着“獠牙”[1]冲向了泽塔。

“需要帮忙吗？”雷恩举着弓问道。

“不用，把你的箭留给苦力怕吧！”泽塔一边喊，一边又朝着蜘蛛挥了一剑，这次挥空了。她其实想说自己更擅长酿制药水而不是战斗，不过说实话，她这两方面其实半斤八两。

蜘蛛靠过来咬了她一口。“哎呀！”但是没事，只是手臂疼了一下。比起疼痛，她其实更觉得难堪。是可忍，孰不可忍！她举起了手里的剑。瑞特也掏出了剑，来到她身边。

“我来告诉你怎么办。”瑞特边说边把泽塔推开。

“呃哦，”泽塔说着，用酸痛的手肘推了回去，皱起了眉，“这是我的蜘蛛，而且上周还是我把你从盔甲架手中救出来的，你打算用它练习打靶的那次。”

“那个盔甲架挺好斗的，”瑞特为自己辩护道，“而且它的装备还比我好。”

泽塔和瑞特同时向蜘蛛挥了一剑。正当泽塔的剑快要击中它时，瑞特的剑先接触到了它，让这个生物消失在了一团烟雾中。这反而让泽塔的这一击挥空了，使得她接着转了下去，让剑刮到了瑞特的小腿。

瑞特摔到地上，抱着小腿龇牙咧嘴地滚来滚去。但口中说着：“我没事，我没事。”

“真抱歉，”泽塔喊道，她收好了剑，蹲在她的朋友身

---

① 蜘蛛并无獠牙，这里指螯肢。

边，“你流血了吗？”

“没事，还好你的剑和土一样钝。我们真的要好好找找有没有石头了，这样我就可以给你做一把新的了。”

“有你们两个在，还打什么怪物？”雷恩过来看了看残局：一个伤了小腿，一个伤了自尊。

泽塔扶着瑞特站了起来，看着他一瘸一拐地走了几步，皱起了眉头。“要是真的有那么疼，我们还是回去吧。我们可不想你一晚上都在这里嚷嚷。”

“我才没……”

他们往身边一看，才发现天色已经很暗了。一米之外正站着一只长着四只小脚的苦力怕，带有绿色斑纹的皮肤闪烁着耀眼的白光。苦力怕歪了歪头，死死地盯着泽塔，仿佛在挑衅她。

“快跑！”雷恩喊道。

泽塔想要逃跑，她真的想，但是她呆住了。她从来没有离苦力怕这么近过，但是她看到过它们造成的破坏——那些深坑有三米多深，五米多宽。瑞特在呼喊她的名字，声音听起来离自己很远，他把自己撇下了？还是因为自己的惊恐才让一切听起来都显得很遥远？

在泽塔回过神之前，雷恩英勇地举起弓射出了一箭，正中苦力怕的胸口，把它击退了。接着，另一支精准的箭结果了这个生物，剩下的只有一摊药水原料。如果放在五分钟之前，泽塔要是找到这种可以用来酿制喷溅型药水的罕见原料，一定会高兴坏了。但是现在，她能感受到的只有恐惧。

雷恩捡起了火药原料，递给了泽塔。她接了过来，但是不敢直视朋友的眼睛。“我差点把咱们都炸飞了。”她嘟囔着。她想象了一下如果刚才她的堂弟也在这儿会发生什么，不禁打了个寒战。

“有我盯着就不会，”雷恩自信地说道，“不过说真的，我们可以合作得更好一点儿，但是至少我们还都安全。你的酿造台带了吗？”

泽塔点了点头，拍了拍她的背包。她一直随身带着它，毕竟不知道什么时候会发生需要酿制药水的紧急情况。另外，她也不愿意冒让她父亲在自己的卧室找到这个物件的风险。

“真棒，那我们来看看你之前一直在说的那种喷溅药水到底是什么样的吧。”

“现在？在这里？”泽塔问道。

“我知道一个安全的地方。”瑞特说道。他带着他的朋友们到了离镇子更远的地方，躲着那些皮肤干枯、在沙地里缓缓拖着身躯前行的尸壳。它们的低吼打破了夜晚的宁静。终于，在前行了差不多一个小时之后，大裂谷映入了视野，将沙漠一分为二。

泽塔心跳加速，她从来没到过离镇子这么远的地方，但是她知道了为什么冒险者们都如此热爱这个巨大的峡谷——它简直美不胜收。陡峭的峡谷割裂了表面的沙子和砂岩，往下是灰色的石头，在更深处，泽塔隐隐约约地看到了底部流动的熔岩，它们旁边是浅蓝色的矿石。

“那些是钻石吗？”她问道，激动、紧张、好奇的心情让她感觉心脏快要跳出来了。她已经挖了差不多六个月的陶瓦了，从来没找到过除了煤和铁之外的东西。他们找到的所有矿石都被送进了镇子的仓库里，但是矿工们可以留下一个至少四个方块大的矿脉里的第一块矿石。泽塔想象着对一个钻石矿脉行使“先到先得权”的情景。她可能入戏太深了，因为雷恩现在正把她从悬崖边上拉回来。

“小心点。”雷恩说道。

“看那边。”瑞特指着岩壁喊道。峡谷壁上凸显着古老的建筑结构，一半就像被沙子吞掉了一样，月光刚好照在了它镶嵌着陶瓦的砂岩上。

“那是个沙漠神殿。”他说道。

“我们可不去那边，对吧？”泽塔问道。

“不可能。那边太黑了，也太危险了。但是从远处看还挺好看的，是吧？”

“是啊！”泽塔也找不到什么话可说了。这个峡谷对于她的家族来说是个痛点，因为它给奥斯滕的父母带来了灾难，但是她也知道这个峡谷是瑞特感到骄傲的地方。实际上，他的名字就是由此而来的（大裂谷又名瑞特峡谷）。瑞特和雷恩的父母数十年前在这里第一次相遇，他们一个来自褐土沙丘，另一个来自在沙漠里行商的一队游牧民。他们在另一边建起了营地。这个故事对于泽塔来说有点过于遥远了，但是让她在伤痛之下领略了这个地方的另一面。

一行人在岩壁的一处凹陷里停下来歇息，这里三面都是墙壁，能得到保护。瑞特拿出了他的工作台，麻利地制作出了一堵砂岩墙，防止怪物偷袭他们。在此之后，他点起了一团营火。接着，雷恩在上面放上了一些生兔肉。烤肉的香气马上让泽塔口水直流。

等待烤肉的间隙，泽塔摆好了酿造台。她把背包翻了好几遍，但是找到的可用原料并不多。她没拿到用来酿制迅捷药水的糖，手上只有几个发酵蛛眼——几个小时前他们合作击杀的那只蜘蛛的眼睛、一根外观奇怪的胡萝卜、一块金锭、一堆她攒了整个夏天的下界疣，然后，还有一些火药。泽塔已经迫不及待地想要试试了。

“我身上还有一些兔子脚，如果你想试试酿制那种跳跃提升药水。”雷恩说着，拿出一只兔子脚在泽塔面前晃悠着。

“不，谢了。”泽塔面露难色。虽然她喜欢吃兔肉，但是那些小脚丫把她吓得不轻。她不明白为什么人们会带着它们来祈求好运。

毕竟，对于兔子来说，这可不是什么好兆头。

“你确定？”雷恩问道。

“在大裂谷旁边用跳跃提升药水应该是个挺糟糕的点子。我可以做一瓶喷溅剧毒药水。”泽塔说道。这种药水做起来应该不难。大部分令人激动的药水需要的材料都很难获得，她知道镇上的仓库里有这些难以找到的物品，但是无论她怎么动之以情，晓之以理，玛克辛镇长都没让她进入那扇用活塞驱动的大门。大门十分坚固，用铁块铸成，需要钥匙才能打开，它用上了比镇子里任何东西都要高级的科技。有时泽塔会梦到这扇门，还有门后面的宝藏。

没有镇长的帮助，泽塔花了很长很长的时间才找人买到了一根烈焰棒，让瑞特为她制作出了这个酿造台。她目前学到的所有关于酿药的知识都是传言，大部分来自里德——那个经营书店的人。有时里德会和她说起这些事，缅怀曾经他的书店里还有真正包含知识的书籍的日子。现在他卖的书几乎都是《用沙子可以做的101件事》和《如何培育快乐的仙人掌盆栽》以及《用沙子可以做的另外101件事》。

泽塔没有可以参考的白纸黑字的配方，因此需要的原料量和酿制的时间都需要自己来猜测。就算如此，她还是十分热衷于进行试验，虽然她的试验每次都有点跑偏。

“是啊，我可以朝敌对生物丢点喷溅剧毒药水，看看有什么效果。”雷恩自告奋勇道。

“你不是在尝试一些关于隐身的药水吗？”瑞特兴奋地说，“如果我们站得够近，隐身药水可以对我们三个人都生效。想想我们在镇里都能做些什么坏事。”

“你现在已经做了够多的坏事了！”泽塔说道。瑞特很喜欢捉弄人，致力于用他基本无害的小把戏捉弄褐土沙丘的每一位居民。考虑到镇子的人口是三百二十五人，这可能需要点时间，但是瑞特还没被发现过。他已经做过三十多次恶作剧了（据泽塔所知），比如在餐厅的熔炉下面装上一个漏斗，让做好的食物全部消失。他甚至改装过一个装着苦力怕头的盔甲架，让它从雷恩的衣柜里飞出来（雷恩对此仍然心有余悸）。或许瑞特到目前为止最好的杰作是在镇长家的大门的压力板下面安装了一个会播放难听的音乐的唱片机。镇长和家人花了快一天的时间才发现难听的音乐的来源。

不过，瑞特还没成功捉弄过泽塔，这让她一直如履薄冰。瑞特试过几次，但是她每次都能发现。在瑞特身边的时候，她从不放松警惕。瑞特很聪明，也是个绝佳的朋友，如果他能把自己的聪明用到正途上……

“求求你了。”瑞特朝她眨巴着眼睛。

“我昨天晚上做了几瓶隐身药水，但是出了点问题……”泽塔说道。她不清楚她在哪一步做错了，不过药水算是基本生效了。也许再稍作修改，这一次她就能成功。“我可以再试一次，如果你保证永远不再捉弄我。”

“你知道我做不了这样的保证，”瑞特说道，“这就像不让我呼吸一样。不过我可以到这个月月底之前给你提供足够的红石，怎么样？”

瑞特确实有充足的红石库存，他在试着学习把它们融入合成过程里，泽塔知道这对于他来说多么重要。一小撮红石粉可以延展泽塔的药水，让魔法效果持续的时间更长。这笔交易并不差，只是到时候泽塔肯定会成为自己好友某一次把戏的受害者，而且从他眼里的光芒看，就知道他野心不小。

“好吧。”泽塔嘟囔道。

瑞特递给了她三把闪闪发光的红石粉。“这是第一部分，用在我的隐身药水上吧。”

“我的隐身药水，”泽塔纠正了他，“你只有享受它的效果的份儿。”

“随便吧，赶快开始酿药吧。”瑞特抱怨起来。

泽塔在自己面前摆出了原料。紧张感爬上了她的脊背。她甚至还没正确地酿制过一次普通的隐身药水，现在还要加上更多的原料。她拿出了发酵蛛眼，所有人闻到味道都倒吸了一口气。

“这味道就像臭鸡蛋和海泡菜打了一架。”瑞特捏着鼻子说。

“你知道海泡菜是什么味道？”雷恩怀疑地问。

“不知道，但是我想象力活跃，和你不一样。”瑞特戗了回去。

“可能有点太活跃了。”雷恩自言自语着。

两个人又“恶语相向”了几句，他们只有在吵起来的时候才像一家人一样。

“你们先习惯一下这个味道。”泽塔开了口，故作镇定，打破了紧张的气氛，装出一副知道该怎么做的样子。她把三个玻璃瓶放上了酿造台，过了一会儿，整个装置就冒起了气泡。现在可以往水里放下界疣了吗？放进冷水或者放进热水里有区别吗？她把下界疣倒了进去，放了整整一把，然后等待着。

如果现在还有怪物在黑暗里游荡，这飘荡在清新的空气里的药水气味肯定会让它们扭头就走。

接下来，她把金锭分成了金粒，制作了一根金胡萝卜。虽然做工有点差劲，但是她希望能行。她把金胡萝卜也放进了混合物里，蓝色的液体颜色稍微变深了一些，表面出现奇怪的闪光。

“夜视药水。”泽塔小声说着，就像她想让双胞胎兄弟接受这个结果一样。雷恩看起来饶有兴趣，但是瑞特摇了摇头。

“我们有火把，”瑞特说道，“下一步是什么？”他的鼻子已经快凑到酿造台上了。

“退后一点儿，”泽塔警告着他，“要是烟雾把你的睫毛变成了蜘蛛我可不管。”

“这种事也会发生？”瑞特边说边快速退了几步，揉着眼睛。他快速地眨了眨眼，就像在确认自己的睫毛没有变成节肢动物一样。

泽塔笑了笑。“下一个原料，”她说道，毫不顾忌自己朋友的担忧，“发酵蛛眼。”这东西肯定在盯着她看，肯定。

她耸了耸肩，把发酵蛛眼扔进了药水里。药水不断冒出泡泡和火花，当颜色变成了浅紫色的时候，泽塔觉得她离成功更近了一步，擦掉了额头上的汗。

下一步是放红石。她应该放多少？她直接丢了一把进去，但是什么都没有发生，药水只是静静地一动不动，看起来暗淡无光。如果这瓶药水没有用，瑞特肯定不会放过她的。也许之前她对自己的酿药技术吹嘘得有点过头了，事实上，她基本什么都不知道。但是毕竟瑞特擅长合成，雷恩善于使用弓箭，泽塔只是想在除了挖陶瓦这件事之外的地方出类拔萃。

只能放手一搏了，泽塔对自己说道，把剩下的红石扔了进去。她不清楚在加红石之前是不是要先等一会儿，但是还是直接都放了进去。药水马上闪烁了一下，朝她溅了出来。她往后跳了一下，没让药水溅到皮肤上。

“完全正常。”她说道，压住了声音里的恐惧。当混合物逐渐平静下来之后，一道耀眼的银色光芒穿过玻璃透了出来。泽塔鼓起勇气凑了上去。就算没有摸到它，她都能透过瓶子感受到热量。“我们现在只要让它再煮一会儿就好了。”她拍了下手，好像对于自己所做的事很有信心一样，而不是暗地里害怕她的整个酿造台会爆炸。

“吃的好了。”雷恩边喊边把一支箭扎进精心烤制的兔肉里，把它从营火上提起来。肉汁四溅，落到火焰上发出了嗞嗞的声响。

泽塔还没有意识到她在离开家那么远之后有多饿。现在她的胃终于不再有扭在一起的感觉，可以放松下来了。她咬了一口，细细品尝着肉。她喜欢吃大餐，那是她在褐土沙丘里最喜欢的事之一，人们总是在庆祝什么，聚在一起享受美餐。

兔肉煲总是很受欢迎，她父亲用蘑菇做的版本也是如此，里面是两种不同种类的蘑菇。虽然烤土豆和新鲜蔬菜是不错的配菜，但是他们有时候也会弄来一些稀奇的东西，比如来自繁茂地带的红苹果或者一个西瓜。

满月时要开宴会，新月时也要开宴会。生日、婚礼、假日……还有创立者日、矿工日等。在怪物之夜，这一天所有的孩子都会制作恶魂、僵尸猪灵或者苦力怕的面具，向他们的邻居索要糖果。还会有盛大的游行，纸质花做成的彩车、小游戏、礼品和烟火一应俱全。

对于这些事来说，泽塔的年纪太大了，但是去年她帮奥斯滕制作了他的装束——一个对于他的头来说太大了的，某种传说中的巨龙面具。他得用双手才能拿稳它，这也意味着泽塔得和他一起去，帮他拿着糖果袋在房子间穿梭。她真想说自己忍住了，没趁他不注意从袋子里拿糖果，但是她做不到。

泽塔看向空中的弯月。怪物之夜马上就要到了，如果她运气好，可以弄走一块西瓜练习酿制治疗药水。当然这也意味着她还得弄到更多的黄金，让西瓜变得闪闪发光。她已经快能想象出药水的味道了，甜甜的西瓜味，没有让整个药水变得难闻的发酵蛛眼……

……就像这个隐身药水一样……

……被她彻底忘了！

泽塔马上坐了起来，把手上的油抹到了上衣上，跑到酿造台前。刚才想象食物和假期用了多久？药水是不是煮过火了？银白色的闪光已经完全消失了，整瓶药水看起来毫无光泽，显现出灰色，而不是紫色，水也蒸发掉了很多。这根本不对，完全不对。

“真难闻，”瑞特说道，“完成了吗？”

“好像是吧。”泽塔说道，不过当瑞特看到她不确定地皱起了眉头的时候，她马上用指尖点了点瓶子，“肯定完成了。”她拿起一个玻璃瓶，指挥着让她的朋友们靠近她。最坏能有什么结果？就算魔法出了大问题，他们只需要去奶牛金吉尔那里挤一些奶就能解除效果了。完全无害，是吧？

泽塔高高举起了瓶子，不过在她扔出去之前，一支箭从她耳边呼啸而过。雷恩朝箭飞来的方向猛转头，几乎是在一瞬间，他就拉好了弓，搭好了箭。在他们匆匆建好的砂岩墙外，聚集了三个破破烂烂的骷髅，正注视着他们。

虽然骷髅的第一支箭射偏了，但是瑞特马上痛得喊了出来，这时泽塔才知道第二支箭射中了他。

# 第三章

别慌，泽塔对自己说。至少现在他们要对付的不是苦力怕，他们几个人有机会活下来。机会不大，但是也不差。有一个骷髅挥舞着一把微微泛着紫光的弓，那是带有附魔的弓。褐土沙丘的人们也对这样的魔法深恶痛绝，因此她从来没有这么近距离地看到过这种东西。当然，她在此时此刻更不希望看到它。

瑞特一拳捶在了地上，痛苦地咬着牙。正当泽塔要弯下腰去看他的时候，一支箭从她头上飞过，箭羽划过她的头顶，从她头顶的两团高高的绒毛之间穿了过去。

“快趴下！”雷恩喊了出来。他射出了另一支箭，没有射偏，击中了一个骷髅的肋骨，把它击退了。不过它很快就恢复了，继续射起箭来。

“药水。”瑞特颤抖着喊道，用手指着泽塔身边的那瓶蒸发了一半、暗淡无光的隐身药水。要是瑞特的生命值还是满的，也不至于弄成现在的狼狈样子。在怪物面前躲藏起来其实是个好主意，泽塔也动过用药水的念头，但是如果让情况变得更糟了怎么办？“我不擅长酿药！”她脱口而出，“我从来没做出来过一瓶正常的药水，我也不知道这一瓶有没有用，这太冒险了。”

不过泽塔也没有办法了，她把瑞特拉到了工作台后面，和他蹲在一起。箭矢一下一下地打在木头上。她知道，如果骷髅们把工作台弄坏了，瑞特肯定会很不开心，要想找到木头做一个新的可不容易。不过他要是死了，可能会更不开心吧。

泽塔感到一阵挫败感，她酿药一塌糊涂，也不擅长战斗。不过至少有一件事她是擅长的，虽然她并不喜欢。这让她有了主意，从背包里拿出了那把值得信赖的石镐。

“你在干什么？”雷恩喊了出来，同时侧身躲过了一支差点射到他肩上的箭，“如果要打，用你的剑。”

“我不是去战斗，”泽塔说道，“我要去分散它们的注意力。”

“那抓紧时间，我快没有箭了。”

泽塔开始用尽全力地用手挖开沙子。虽然沙子随时都有塌方的风险，但是她顾不了那么多了。她挖到了砂岩，开始用镐子敲击起来。朝下挖了四层之后，她觉得这个深度可以避开掉下来的沙子了，于是开始朝着骷髅们所站的地方挖起砂岩。

雷恩的箭已经快用完了，泽塔甚至没有时间插上火把让自己看得更清楚。她凭感觉挖了下去，直到觉得够远了为止。然后开始朝上向着地面挖掘，她没有直接朝上挖，而是挖出了一个阶梯，这是挖矿守则的第二条。不过就算费了那么大劲，她还是差点让扑面而来的沙子掩埋。

她退了一步，挖掉了几堆挡路的沙子，继续干了下去。

最终，新月与星光装点的夜空出现在她的头顶。她听到了箭矢呼啸而过的声音，探出头一看，发现只剩下了两个骷髅。胜算更大了。不过现在瑞特动弹不得，雷恩的箭也快用完了，两个骷髅还是太多了。

泽塔准备好了，举起了剑。“嘿！”她喊道，“你们这堆骨头！在这边！”

拿着附魔弓的骷髅咯吱咯吱地转过身，发现了泽塔后便行动起来，另一个很快也跟了上来。接着，泽塔跑了起来。她跑得不是很快，因为她不想让骷髅们放弃，转而回去继续攻击她的朋友们。她跑得也不慢，因为还有箭嘛。她左右摇摆着，希望它们射不中她，也希望自己不要碰到其他的敌对生物。一支箭从她耳边呼啸而过。

她不能一直冲刺下去，但是骷髅们可一点儿都不会累。她发现带着附魔弓的骷髅走得比另一个稍微靠前一点儿，便小心翼翼地改变了自己的行动方向，让前面的骷髅刚好在自己和后面的骷髅之间。接着，后面的骷髅射出了一箭，打在了另一个的头骨上。前面的骷髅转过身，虽然它没有眼睛，也没有眉毛，还是以某种方式愤怒地看向了它的同伴，并且射出了一箭来反击。

这场战斗打得血流成河，用泽塔的话说，应该是骨流成河。

箭矢在两个怪物之间纷飞，趁它们不注意，泽塔跑回了朋友们身边。雷恩扶着瑞特的胳膊，搀扶着他一起回到了镇子。

“我真想再多待一会儿，看看那个骷髅有没有留下那把弓，”雷恩说道，“那上面肯定有增强力量的附魔。”

“感觉上确实像力量附魔，”瑞特嘟囔道，“嗯啊。”

他们走得很慢，还没等到他们看到褐土沙丘镇子中心耸立的钟楼，太阳已经升起了。没过多久，钟声就响了起来。在这个时候响起钟声，只能代表一件事。

褐土沙丘有麻烦了。

# 第四章

钟声不断，每一声都敲在泽塔的心上。她的堂弟奥斯滕——不知道他现在怎样？泽塔本以为把他留在家中会更加安全，但是她现在痛恨当时自己的愚蠢。那么她父亲呢，泽塔跟她父亲说，她会和双胞胎一起出去打猎，但是并没有说他们会走多远，也没有说会走多久。父亲现在也一定很担心她。

“你不能再走快点吗？”泽塔问瑞特。填饱肚子后，瑞特已经慢慢地恢复了过来，想来现在也差不多应该痊愈了，但是似乎他并不急着回去。

“那或许不过是个在巡逻的掠夺者，”瑞特说道，“没啥可激动的。”

“是啊，扎登队长会盯好他们的。”雷恩点着头安慰说道。

泽塔试着平复心境，双胞胎说得不错。几年前，镇长从隔壁镇招募了扎登队长以保护褐土沙丘百姓的安全，队长手下有一群志愿兵，对付几个灾厄村民不过是小菜一碟罢了。

尽管如此，他们还是不由得加快了自己的脚步。等到了城墙时，他们已经几乎是全速前进了。

朝阳照耀着整个小镇，整个镇子因此璀璨耀眼，好似沙尘暴刚刚经过。但是这只不过是每个人急急忙忙填充城墙裂缝时填进去的沙砾罢了。大伙都已经没有余力去照顾那些或黄，或橙，或金的陶土纹路。他们抬着圆石、砂岩，甚至于和木头等价的石头填进城墙的缝隙之中。泽塔甚至看到有些人把自己房子的方块拆下来用来填补城墙。现在的城墙就好似一幅马赛克画，一堆随意拼凑杂乱无章的积木，毫无条理。

泽塔忽然不安起来，一定是其他什么原因让大家如此慌乱。几个带弩箭的暴徒，哪怕再加上一个女巫也做不到这点，一定是有什么事，什么大事。

扎登队长身着深绿色的制服，衣领上点缀着一些金点，看上去非常正式。他现在正在大声地发号施令。本杰明——黏液店的老板，当他不忙于寻找大裂谷洞穴之中的黏液球或者店铺事务的时候，他会作为扎登的副手工作。现在他们两位将所有有战斗力的居民都集中到了城墙周围的战略要地。

“发生了什么？”雷恩急忙问扎登队长。

“我们能帮上什么忙？”

“灾厄村民从东面过来了，数量很多。我还从没见过如此规模的袭击。”扎登队长整个身子都在跃跃欲试地颤动着，急不可耐地想要拔出剑，成为镇上雇用他需要他成为的那个英雄，“去帮着补墙，然后拿把武器。事情可能变有趣了。”

这群伙伴点头称是，聚在一起开始做准备，而扎登队长跑去召集更多战士。

“你们包里都有些什么方块？”瑞特问道，然后放下背包，翻找并挑选合适的建筑材料，之后扔出了几块砂岩。

“别管墙了，我们需要先准备些武器。”雷恩说道，“泽塔，把你的棍子都给我，顺便去你爷爷奶奶的农场那儿拿点羽毛来。”

泽塔不喜欢被发号施令，而且，几支箭太少了，帮不上什么忙。小镇需要一些猛料来扳回战局。褐土沙丘需要的是一名酿药师。

“我没空横穿整个小镇，”泽塔反驳道，“如果我可以及时酿制出一些药水，我们就能占据优势。我们得去镇长那儿要点烈焰棒。这样我就可以酿制一些力量药水。”

“镇长不会同意的，”瑞特说道，“即便她会去喝你的药水，你就能做出力量药水了？”

泽塔血液上涌，涨红了脸。“确实我没做过，但是我总得想想办法吧。如果你不愿意，你自己去补墙就是，但是墙倒了可别来找我。”泽塔试着压下自己的火气，但是瑞特所言之刻薄还是超乎她的想象。虽然明白自己的朋友是出于好意，但泽塔还是希望朋友能像她信任他们一样信任自己。

泽塔气冲冲地前往镇政厅，玛克辛镇长正在外面的台阶上呼喊着让大伙躲进镇上的地下室去避难。当泽塔刚想张口问镇长关于烈焰棒的事情的时候，她的父亲气喘吁吁地向她跑来。

“泽塔！感谢上帝！你终于回来了。”他推了一堆陶瓦给泽塔，“看那里，墙的东端还有一个大窟窿需要补。把这些塞过去补上，不够再回来拿。距离下一次的袭击到达大概还有十五分钟。”

“等一下，爸爸，我……”泽塔欲言又止，但是她不得不和父亲说药水的事情，“我最近一直在去试着实验药水，我能酿一些药水来……”

“泽塔，没时间在这儿胡闹了，专心补墙，这是镇长的命令。”

“你父亲说得不错，泽塔。”玛克辛镇长严肃地说道。这声音如此尖厉，让人生畏，泽塔有时会想镇长当选的首要条件是不是得有这样不怒自威的声音。无人不会屈服于她，但泽塔没有被吓倒。她相信自己，即便别人都不相信她。

“我需要烈焰棒，玛克辛镇长。我要把它们磨成粉，然后为前线战士们做力量药水！”

镇长原来紧紧皱着的眉头瞬间摊成了八点二十的模样。她并不喜欢被质疑。“求你了，女士。”泽塔哀求着，“我知道镇子里不欢迎魔法，但是我需要你给我一个机会，大伙儿都能因之受益。”

镇长眉头舒展开来，神色缓和，和泽塔的父亲交换了一个意味深长的眼神。泽塔疑惑不解。“完成你的任务，泽塔。”镇长说完就转身离开了。

“完全讲不通。”泽塔低声说道。她的父亲和镇长都觉得这是在浪费时间，但是泽塔觉得其中是有可行的方法的，但是他们有自己的理由不允许泽塔去这么做。

泽塔的父亲把一组六十四块陶瓦放在她的脚边，他失望地跑向北边城墙，看也不看泽塔。泽塔则拾起陶瓦跑向东墙，墙上的洞确实不小，泽塔开始往三格高的地方搭建砖块。泽塔心中憋着火，这也加快了她的工作效率。

号角声从远处传来，泽塔爬到城墙顶端，眯着眼望向绵延起伏的沙漠山脉。在那里，炎热的沙滩上反射着熠熠生辉的海市蜃楼。一面灰色的小旗出现在一座距离泽塔不到一百多米的小山后面，这次突袭果真规模巨大。八，九，十……泽塔不停地数着，不停地数着。十九，二十……一些突袭者拿着斧子，有一些装备着弓弩，还有少许的女巫混在他们中间。

泽塔差点被吓倒在城墙下面。实际上，在它进入视野之前，泽塔就隐隐约约有感应了，一声雷震传到她的脚下，震得她臼齿发痒。这跺脚声是一头巨大的四足野兽发出的，厚实的灰色皮毛，身着铁链盔甲，犄角一看就是用来破坏城墙的。泽塔从来没听说这样的生物。

最后几块陶瓦补在了她脚下的城墙里。他们确实及时补好了这堵城墙，但是泽塔知道这不够，远远不够。

泽塔跳下墙，跑到镇长身边。

“镇长！镇长，你得再想想。袭击者还带了头野兽！现在还有时间，我可以去做力量药水。”话音未落，突袭已至。

雷鸣般的脚步声让大地震颤。泽塔脚边的陶瓦被震得翻倒在地面上。

“我听到了。我们确信这墙能撑住。我们都测试过了。它一定能撑住的。”镇长玛克辛不断强调这点，泽塔不禁怀疑镇长自己是不是都不太信自己所说的。

“你为什么不让我去酿药？为什么没有人想过使用魔法？”

镇长皱起了眉头说道：“也许这个问题你应该问你父亲。”

泽塔睁大眼睛。问她父亲？褐土沙丘不是镇长说了算吗？她正要追问镇长时，一声巨响从东墙外传来。城内一片死寂，城墙不停地被轰击着，好似一只巨大的拳头在砸门，想要破门而入。

“一定要撑住啊。”泽塔喃喃自语，又一次重击。这一次，城墙裂开了一条缝。

“墙要塌了！”扎登队长大喊道，他连连摇头，无法相信眼前的一切，“我不理解，袭击从来都没来过这么多敌人。前有持斧子的卫道士，后有拿弓弩的掠夺者，还有那种野兽……”他开始指挥战士们冲上城墙的破口与敌人近战。又是一声巨响，空气中扬满了陶土粉尘，令人看不清城墙。几秒后，泽塔就听到烟雾中灾厄村民那粗暴的鼻息，掠夺者冲出裂口，与战士们近战时的铿锵声。人群开始尖叫，恐慌地四散而逃，躲开飞溅迸出的碎石。箭声四起。

泽塔看到战场上惨烈的交战情景，双手止不住地发颤。

她多希望自己的酿造台能派上用场啊，她看到多少能用上药水的地方啊。治疗、加速、避险、困敌。

“喝啊啊啊！”一个灾厄村民大喊道。等一下，掠夺者应该拿的是弓弩吧？难道这是卫道士？泽塔现在不是很确定各种灾厄村民怎么分类，她现在只想不要让那些人再肆意妄为。她光想着药水的事情了，以至于完全没注意敌人已经跑到她五步开外悄悄靠近她这件事了。敌人举起斧头，一步步挪向泽塔。一支箭飞过泽塔肩膀上方，洞穿了敌人的胸膛，又一支箭随着补上，击杀了敌人，使其化为一缕青烟。泽塔回头一望，雷恩正在钟楼上张弓搭箭，一拉一放，敌人应声倒地。

泽塔放下心来，多亏了她的好友。她应该更加相信她的朋友们，尽管她之前让雷恩失望过，但是现在她可以做得更好。她开始搜刮地面上无主的箭矢，然后搭上吱吱作响的梯子攀到钟楼顶部，给雷恩补充箭矢。随后她返回地面再一次搜刮，她弯腰，努力从砂岩中拔出一支箭。当她站直时，她和扎登队长对上了眼神。

“你朋友的箭法挺准哈，把这个拿给他们吧。”他说着递出一把泛着紫光的弓。

“这是……”

“被附魔了，”扎登队长说得很快，“无限附魔，还有一级的冲击。”

“但是镇长……”泽塔开始忧虑。

“我们尚且自顾不暇，哪有时间管她。”扎登队长说道。

泽塔张大嘴巴盯着扎登队长。她知道扎登队长可能会因此惹上麻烦。镇长厌恶一切形式的魔法存在，但是扎登队长并不属于褐土沙丘，他不必去迎合镇长的喜好。泽塔点了点头，也觉得雷恩一定会喜欢这个礼物。泽塔开始向钟楼跑去，给雷恩送上补给。

但泽塔穿过战场时发现，战线逐渐溢满了褐土沙丘，而且这趋势越来越快。在杂货店工作的年轻女子格洛丽安娜躲开了几个掠夺者的箭，向他们砸出胡萝卜和苹果。米洛是镇上最好的矿工之一，现在他正拿着笨重的铁镐向女巫挥舞。他们都没有做好充分的准备，战况他们明显呈现劣势。

尽管灾厄村民的人数较少，但他们在不断获得优势，在镇子里的扫荡没有丝毫停止的势头。每当镇上的人们想要联合起来对抗敌人时，劫掠兽就会向他们发起冲锋，人们就直接被吓得四散而逃。

灾厄村民摧毁了他们所触及的一切，把任何有价值的可以拿走的东西全部装进自己的口袋。不过，金库保存着镇里最珍贵的资源。泽塔想到这个非常高兴。希望灾厄村民没有足够的知识和耐心去弄清楚如何操作带着一个钥匙编码的活塞门。

泽塔还没来得及把弓箭送给雷恩，劫掠兽就冲破了旧书店的前门，冲倒了几十盆仙人掌，撞翻了堆肥场的桶，然后朝南冲向农场。泽塔皱起眉，盯着在她爷爷奶奶麦田里大闹着的劫掠兽，这是他们赖以生存的食物，小麦是他们唯一没有储备在地下室的珍贵物品。他们本来就没有闲钱出去采购，更不用提储备了。

泽塔必须做点什么救下农场，她没法接近那些劫掠兽，但是她有一把附魔弓。她虽然没用过弓，但是她看过雷恩射了数百次箭，难道她还没见过猪跑吗？这头野兽这么大，怎么会射偏呢？

她抽出一支箭，绷紧弓弦，松开手指。然后……不知为何，射出去的不是箭，反而是弓。弓画出一道漂亮的弧线，击中了野兽的前额，它抬头发怒地望向泽塔，它张了张鼻孔，向着泽塔冲刺。蹄子重重踩在附魔弓上，一把踩碎了它。

泽塔倒吸一口凉气，雷恩怕是永远不会原谅她了。

但至少这头野兽已经对麦田失去兴趣了，现在它的眼里只有泽塔，直直地向泽塔冲来。

泽塔大叫起来。雷恩向那头野兽射了几箭，但它毫发无伤。那头野兽只是因为脸被闪闪发光的紫色附魔弓打了而暴怒。

泽塔正全力地跑向镇广场。她不时回头观察，确保自己与野兽保持一定距离。正常情况下，她能甩掉它，但她现在不仅需要穿越障碍物，还要躲避碎片，而野兽只需要埋头直冲就行了。

当泽塔再次面向前方时，她看到镇长玛克辛就站在她面前，伸出双臂准备接住自己。泽塔停不下来，直接把镇长撞倒了。野兽隆隆的蹄声不断靠近。镇长翻身跳起，开始奔跑，野兽无视泽塔，开始追向镇长玛克辛。

哦，不好，镇长跑得没泽塔那么快。野兽向她扑来，顶着箭雨不停追着她。泽塔抓起在碰撞中掉落的背包，掏出她的隐身药水。她不知道这是否有效，但她现在没有太多选择。如果不去，再过几秒钟，褐土沙丘就少了一个镇长。

她把药水扔向玛克辛镇长。希望能成功吧！

药水在空中画出一道很高的弧线，然后与镇长的肩膀相撞。镇长在被撞到时发出呜的一声，然后被一团魔法粒子的雾气包围。奇妙的事发生了：下方的雾气首先消散了，泽塔发现镇长的脚隐身了。

她做到了！但是，随着雾继续消散，泽塔看到已经少了一个脑袋的玛克辛镇长的上半身，她不禁畏缩起来。这头野兽一看到这个情景就吓坏了，然后头也不回地逃走，最终消失在东墙的洞里，吓得圈里一头惊慌失措的猪尖叫不已。

泽塔的魔法消除了危险，只是没有以她希望的方式发生。但是灾厄村民没有了镇场的武器，剩下的残党很快就会被镇上的人清理干净。他们做到了！他们保卫了他们的镇子免受袭击。但他们的胜利是有代价的，这次镇子遭受的破坏得花上几周才能完全修复。目前还不知道是否有人丧生。到处都尘土飞扬，每个人都沉浸在悲痛之中。

“你对我做了什么？”镇长对泽塔大叫道。她看上去生气极了，而且还有些恐惧。不知为何，哪怕只剩两只胳膊和一个躯干，大伙也能看出她十一点五分的眉头。

“我……我……”泽塔结巴道。她很肯定她确实救了镇长，并且把一个三吨重的杀人怪物赶出了镇子，但她觉得这话现在不能说出来。“我不知道，但我能解决这个问题！”

她急忙跑到农场，抓起一个桶，环顾农场四周。她的堂弟奥斯滕坐在角落里，腿上抱着一大块牛肉。

“金吉尔？”泽塔说出奶牛的名字后，她的喉咙哽住了。奥斯滕抬起头看着她，眼里含着泪水，嘴唇颤抖着。镇上唯一的奶牛死了，这意味着没有牛奶来消除药水的效果，镇长不得不保持半隐身状态，直到药水效果消失。但泽塔现在并不担心这个。她坐到她的小堂弟旁边，用一只手搂住他的背，拥抱他。“我很抱歉。”

“它是一头好奶牛。”奥斯滕哽咽着。

早些时候，灾厄村民吓坏了泽塔，但现在她的想法转变了。她想要复仇。他们杀了她堂弟的奶牛，伤了他的心；他们摧毁了她的镇子。他们都会为此付出代价的。泽塔发誓要学习并善用好所有关于药水的知识。“泽塔，谢天谢地，你在这里！”她的父亲跑了过来，“你受伤了吗？”

“不，我没事，”她说，“奥斯滕也没事。”

“她把我们从掠夺者手中救了出来。”雷恩说着跑上前去，收好弓。如果连雷恩都放下了戒备，那么就说明现在大伙都安全了，暂时的。“她是个英雄！”

“她就是个威胁！一个捣蛋鬼。”镇长的声音传来。人们看到无头的躯干都不禁发出尖叫。“看看她都对我干了什么！”

泽塔的父亲跌跌撞撞地上前，不知道他在看什么。“是你吗？玛克辛镇长？”

“泽塔，你说过你能解决这个问题，”镇长说，“现在就解决它！”

“你只需要喝点牛奶……”泽塔咕哝着，把桶抓在胸前。镇长一把抓过来，想一饮而尽，但它是空的。泽塔感觉到玛克辛镇长那双看不见却炽热的眼睛在盯着她。“不过没有牛奶了。我们唯一的一头奶牛在袭击中被杀死了。”

“那我要怎样才能恢复？”镇长问道。

“我不知道，夫人。”泽塔不好意思地说。

“这就是为什么我们不能乱用魔法，”泽塔父亲说道，“除了胡说八道和虚假的希望，什么都得不到。”

“可是爸爸，如果灾厄村民又攻过来怎么办？如果我再好好练习并熟练使用药水，那么我就能帮上忙。求你了！”

“把保卫镇子的事情留给大人们去操心吧，”父亲说着，挺起胸膛，“我们会重建这堵墙，这次会建得更厚。药水在褐土沙丘没有一席之地。同样的话我对我妹妹说了无数遍，看看她的下场！这腐蚀了她的大脑。现在她满脑子想的都是下界的杂草、荧石和岩浆膏，一个人隐居在山上的小屋里。因为魔法我失去了她，我不会让同样的事情发生在你身上。”父亲伸出手，“把你的酿造台交给我，我知道你有一个。”

泽塔不想违背她的父亲，尤其是在这么多旁观者面前。他们吸引了一大群人，大家在交头接耳，有的说泽塔是一位英雄，也有说她是个威胁。没有人知道该相信什么。她把酿造台递给了她父亲。

“你知道烈焰粉有多危险吗？”父亲摇着头问道，“这可能会引起爆炸的！”

泽塔耸了耸肩，揉着眉毛，它很久前就被烧焦了——这非常尴尬地让她想起烈焰粉的爆炸力。这就是烈焰粉作为酿制药水和制作烟花的优秀燃料的原因之一。但在酿药时只需要用上一把烈焰粉，并不足以造成太大的损害。

“大家都别看了，开始打扫吧！”镇长命令道，打破了现在没有奶牛的农场上紧张的沉默。然后，镇长玛克辛双手高举在空中，尖叫道：“来人帮我去找些牛奶！”

泽塔拖着沉重的脚步回到了家，但毫不气馁。再厚的墙碰上那种野兽也没有作用。为什么她父亲一意孤行地做那件行不通的事？褐土沙丘可能已经放弃了泽塔，但她并没有放弃她的小镇。这里是生她养她的地方，她发誓无论如何都要保护它。

她父亲提到她有一位叫梅丽尔的姑妈，泽塔对她基本上已经没有印象了。在泽塔的母亲因病凋零而亡后，她就离开了小镇。泽塔还不知道她有一位酿药师亲戚，或许她可以去她姑妈那里试一试。

她父亲只提过有一座山。泽塔从卧室的窗户向外望去，山脉层峦叠嶂，山尖探出的城墙一个接着一个。

泽塔给她父亲草草留了一张字条，然后在家里翻箱倒柜打算准备点路上的用品。大厅的橱柜里有一个积满灰尘的箱子，里面满是一些细碎的物件。泽塔发现里面有一本空白的笔记本，笔记本表面的皮革皲裂发旧，或许这是她母亲遗留下来的。如果能在这上面记录姑妈教给她的酿药知识就再棒不过了。

箱子里还有一双合脚的旧靴子，泽塔把它也拿走了。这双靴子将提供一点儿装甲保护，以抵御潜伏在沙漠之外的敌对生物。她听说僵尸比她经常对付的尸壳更绿、更恶心，谁知道还有什么未知的危险在等着她呢?

泽塔摇了摇头，把内心的忧虑甩掉。没有时间害怕了。她面前有一段漫长的旅程等着去前行，有一座高山等着去攀登，还有一座镇子等着去拯救。

# 第五章

这已经是泽塔在攀爬这座郁郁葱葱的陡峭山崖时，第五次刮破小腿，她开始怀疑起自己所做的离家这么远的决定。一路上她一直都试着保持乐观的心态。她花了几个小时穿越沙漠，至少那里的敌对生物看起来还很熟悉，虽然它们一直想杀了她。

当她踏上草地之后，一切都变得不同了。她迄今为止从来没有去过比恶地更远的地方，在一望无际的沙漠里，她从几千米外就能看到苦力怕和尸壳，但这里长满了灌木丛和树木，让那些恶棍有了藏身之地。泽塔用最快的速度小心翼翼地前行着。

她突然发现了一片美不胜收的花田，一只只小小的昆虫正在花间嗡嗡地飞舞着。那是蜜蜂，她逐渐回忆起来。蜜蜂会酿造蜂蜜，它们沾满了花粉的小肚子十分可爱，看起来也很开心。泽塔摘了一朵花给其中一只蜜蜂。

那只蜜蜂嗡嗡地飞到了她身边吸了起来！接着，泽塔跟着蜜蜂们回到了它们的巢穴。她刚一走近，便闻到了世间最好闻的金色液体的香气，那是蜂蜜正从小小蜂巢的小孔上滴滴落下。泽塔口水直流，用手上的空瓶子收集了一些蜂蜜。

这下做错了。

优雅的蜜蜂们瞬间变得愤怒起来，它们的眼睛变得通红。泽塔瞬间回忆起来关于蜜蜂的事——它们会蜇人。

两只蜜蜂把毒针扎进了泽塔身体，让她疼得叫了出来。她跑得远远的，试着用清凉的水流缓解疼痛。鱼群从她身边游过，挠得她皮肤发痒。

泽塔很庆幸她得到了些许安宁。她可以将整个滩涂一览无余，任何怪物都无法偷袭她。

不过刚才皮肤上的轻微疼痛马上变成了从大腿传来的剧痛。她往水下一看，发现一个溺尸缠住了她，像是一只泡了水的尸壳。

她拼命游到了岸边，然后检查伤势。没有什么是一瓶治疗药水治不好的，但是她现在没有一瓶治疗药水，她现在连酿造台都没有。泽塔对她的父亲很生气，以至于她只留下了一张字条就匆匆离开了家。她在字条上表示会在更有能力帮助人们之后回来。这也许要花几周时间，也许要几个月，谁知道呢？她要么从姑妈那里学到她需要掌握的所有东西，满载着酿药知识而归，要么死在路上。现在，在被蜇了一下，刮伤了小腿，还被僵尸咬了一口之后，泽塔有点拿不准后者会不会发生了。

她在山中四处探索，但是周围的巨树看起来都一模一样，不可逾越的地形也常常出现。泽塔找不到任何她的姑妈和住所的踪迹。过了一段时间，泽塔只能承认自己也许永远都找不到她，整个计划就是在浪费时间罢了。她坐下哭了起来，热泪顺着她的脸颊滑落，她从来没有流过那么多眼泪，泪水甚至流到了她的手臂上、脖子上……还有额头上。

泽塔摸了摸额头，抬头朝天上望去。下雨了！真的下雨了！她从来没见过这样的情景，马上站起来转起了圈，张着嘴用舌头接下掉落的雨点。这可真是个愉快的体验！泽塔观察着被雨滴打中而跳动的叶片。她的脚边形成了一个个小水洼。在沙漠里，水是生命之源，而这里居然有这么多水！就算没有找到姑妈的住所，泽塔也会永远记得这一刻。

在乌云散去，阳光透过枝叶洒落之时，泽塔瞥见了什么东西。一座房子！肯定没错。这座房子很奇怪，但很整洁，由深色橡木和圆石搭成，窗边花团锦簇，花园里长满了胡萝卜、甘蔗和西瓜。兔子们在栅栏门后蹦蹦跳跳，屋子正面凸起的门廊下，暗色的沙子上生长着下界疣。

“梅丽尔姑妈！”泽塔喊道。她的姑妈可能不习惯有人来拜访，所以泽塔想确保自己不会因为直接闯进去而被当头扔上一瓶剧毒药水。“梅丽尔姑妈，是我，泽塔，卡尔的女儿。”什么都没有发生。

兔子们随着她的接近四散而逃。她闻到了一股从屋子传来的发酵蛛眼的气味。透过布满了蛛网的窗户，泽塔看出了四组沸腾着的酿造台。每瓶药水的颜色都不一样，墙边堆满了储物箱，上面用牌子做了标记：烈焰粉、幻翼膜和岩浆膏。

泽塔难以抑制她激动的心情——有那么多的东西可以学习！她正要从包里掏出笔记本，一只有力的手就压住了她的肩，强硬地把她转了过来。她抬头便撞见了姑妈的面孔，姑妈棕色的眼睛比泽塔和她父亲的更加深邃，头发扎成了白色的一团，浮现出几丝黑色。虽然她比泽塔父亲小了十五岁，但他俩相似得简直不可思议，看起来她家的基因比较强大。

泽塔希望他们的家庭关系同样也那么稳健，因为她要是被自己的姑妈解决了，她肯定会非常生气，并死得很难看。

姑妈什么都没说，她一脸不悦的神情已经说明了一切。她穿着一袭灰色的长裙，也许它曾经是蓝色或者紫色的，但这些颜色早已经被洗刷得无影无踪。一块块的荧石被黄金制成的链条挂在她的脖子上。她的气味闻起来很……自然，这是泽塔能想到的最接近的描述了——就像泥土，还有潮湿的树叶和苔藓一样。

“梅丽尔姑妈？我是……”

“我听到你说你是谁了。既然你能找到这里，我相信你也能找到回去的路。最好天黑之前赶快动身。”梅丽尔姑妈松开了泽塔的肩膀，但是泽塔还能感觉到肩膀的压迫感和伤口的疼痛。梅丽尔姑妈朝泽塔背过了身，粗糙的长裙下摆拖在了地上。

“你不能赶我走，”泽塔绝望地说道，“你得教我酿药！我们的镇子被一大群灾厄村民攻击了，大概有十几个人。你也知道，这些袭击会变得更大更强，如果我知道怎么酿药，就可以让镇子获得优势，把他们全赶走。”梅丽尔姑妈缓缓地转过了身。“灾厄村民……”她嘟囔着。

泽塔拼命地点着头，感觉头都快掉下来了，她无论如何都要把姑妈说服。“我一直都在练习！我不是个完全的新手，但是还有很多我不知道的知识。我一直都在犯错，犯了很多错。但是我的一瓶药水救下了我们的镇长，没让她被那个长着角的野兽踩扁。”

“一头劫掠兽？”梅丽尔姑妈说道。她的声音十分粗糙，听起来像她很少说话一样。“攻击这么大的镇子，那些灾厄村民还挺有胆量，他们一般只会去招惹那些住着不会反击的人们的小镇。有了合适的药水可以把他们击退，但是除非你爸爸奇迹般地改变了看法，否则他肯定不会同意这种事。他宁肯把自己的鼻子割下来，也不想家里再多出一个酿药师。我猜他不知道你来这里。”

泽塔耸了耸肩。“我留下了一张字条，告诉他我会在能为镇子伸出援手的时候回来。我没告诉他我要来这里。”

“哦，他想得到的，我可不想我哥哥出现在我的门前，让我不要再用荒谬的魔法腐化他的女儿。”梅丽尔姑妈颤抖了一下，仍然面不改色，但泽塔从她肩膀的坡度可以看出来她有点心软了，“你可以住下一晚。我不会教你关于药水的事，但是我会酿制一些药水让你带回去。如果你的爸爸问起你从哪里弄到的，就告诉他是你自己做的。不要说出我的名字，这对我们两个人都好。”

泽塔含混不清地说了句“好吧”，还是没弄懂个中缘由。十三年的分离都没解决的兄妹积怨，她觉得可能再过十三年，情况也不会有什么好转。

泽塔跟着姑妈进了她怪怪的房子。屋里的每个角落都堆满了陈旧的箱子，到处都是发酵蛛眼的气味，虽然这股气味被到处挂着的干花掩盖住了。几个酿造台里装满了混浊的水，各种物品之间的缝隙里缠满了蜘蛛网，好像十多年没被打扫过一样。

“什么都别碰！”梅丽尔姑妈命令道。

泽塔几乎蜷缩成了一团，试着让自己变得更小，尽可能小心不碰倒一个木桶，或者把一个装满了玻璃瓶的箱子打翻。她从来没有见到过这么多来自世界各地的形形色色的物品，这让她大开眼界。沙漠里只有沙子、砂岩以及遍地的仙人掌。

褐土沙丘的人们仅有的一些色彩来自仙人掌染料。绿色的衣服、绿色的皮甲、绿色的床、绿色的玻璃，庆祝假期的烟花也是绿色的。有一次，瑞特开了个玩笑，把爷爷奶奶农场里的羊全都染成了绿色。泽塔的爷爷奶奶并不喜欢这件事，羊也不喜欢。

但是在这里，彩虹上的各种颜色一应俱全，泽塔做梦都想不到会有如此美丽迷人的地方。木地板的颜色是最华美的青蓝色；在屋子正中间，四个酿造台被摆放在薰衣草色方块制成的工作台上，上面镌刻着小方格；在这后面，远处的墙壁上挂着一排黑色的方块，渗出紫色的黏液，好像这些方块在哭泣一样。真可怕，但是很漂亮，有点恐怖之美。在它们上方摆着两个大箱子。

梅丽尔姑妈打开了左边的箱子。一声沉闷的嘎吱声之后，里面透出的金光照亮了整个房间。泽塔鼓起勇气靠近了一点儿，她朝里面一看，发现箱子里满满地装着烈焰粉。她可以感受到迸发出的热气。

这些粉末猛烈地翻滚着，发出噼啪的声响，梅丽尔姑妈取出了一大勺，小心翼翼地放在了工作台上。接着，她在旁边堆起了一堆糖，还有一些让泽塔口水直流的闪烁的西瓜片。她知道这些东西不可以吃，毕竟酿制它们使用了不少金粒，不过它们看起来真的很甜美多汁。

泽塔一直紧跟着姑妈，尽量在她继续收集储存在不同地方的原料时，不去打扰她。当梅丽尔姑妈靠近一个长满了蜘蛛网的窗户下的旧木桶时，她用眼神警告着泽塔不要靠近。这激发了泽塔的好奇心，她现在最想知道的就是那个木桶里到底是什么。只见梅丽尔姑妈轻轻地伸手从桶里拿出了一个泪滴形状的东西，它像宝石一样闪闪发亮。

在把它放到一个单独的工作台上之后，梅丽尔姑妈才终于喘了口气。

“那是什么？”泽塔轻声问道。

“恶魂之泪。”梅丽尔姑妈说道，“它们很难收集，也很易碎。不过我可以给你酿制几瓶喷溅生命恢复药水，在遇到危急情况的时候可以用到。”

泽塔无话可说。这一切都进行得太顺利了，超乎她的想象，她开始看着姑妈酿药。房间里马上变得潮湿起来，四个沸腾的酿造台不断喷出蒸汽，它们酿制的药水也不同，治疗、力量、迅捷和生命恢复。泽塔拿出了自己的笔记本，匆忙记下梅丽尔姑妈的操作，试着估算出材料分量和酿制时间。

泽塔的头脑里问题不断，但是她一直没有勇气问出来。她完全可以在这里待上一年，只看着姑妈这样工作。姑妈的姿态就像正在演奏一首乐曲，泽塔也不想打乱姑妈的节奏，不过最后话语还是脱口而出：“你是怎么学会做这些的？”

梅丽尔姑妈沉默了很久，治疗药水的烟雾不断地飘向泽塔。终于，姑妈露出了满意的神情，熄灭了炉子，把药水放在一边冷却。“主要是出于好奇心，还有观察力和耐心。”

泽塔正等着姑妈继续说下去，但是姑妈并没有。接着，生命恢复药水也制好了，显现出令人着迷的紫色。然后是力量药水，稠密又暗淡，像血一样。最后从炉子上拿下来的是迅捷药水，这让泽塔意想不到。不过这或许也在情理之中，获得速度需要时间。她把这一点在笔记本上记了下来，虽然这一切都没有太大意义。她的父亲拿走了她的酿造台，他们的镇子一片狼藉，她的闲暇时间肯定都会用在捡拾袭击留下的东西上。泽塔深爱着褐土沙丘，她喜欢身边的人们，但是怒火像仙人掌的刺一般刺痛了她的心。如果她没有把那瓶药水用在镇长身上，事情会变得非常非常糟。

但是没有人愿意承认这一点，尤其是她的父亲。

“为什么爸爸那么不相信魔法？”正当姑妈在给瓶子塞木塞的时候，泽塔尖声问了出来。

梅丽尔姑妈强硬的态度瞬间变得温和起来，她叹了口气，拍了拍工作台上的一个地方。泽塔走了过去，奋力爬上去坐了下来，像孩子一样摆动着双腿。

“你让我想起了小时候的自己。你说你用药水救下了镇长？跟我说说。”

泽塔睁大了眼睛，还从来没有人对她的药水这么感兴趣。瑞特和雷恩只是出于礼貌容忍了她的抱怨，但是她一直觉得要压制住自己对药水的热爱，这样才不会让他们无聊得想哭。不过现在她发现姑妈愿意倾听自己，便把一直以来想说的所有东西一股脑儿说了出来。

“那是一瓶喷溅型隐身药水。不过我不知道要放多少红石，可能放得太多了，我的金胡萝卜也不是很新鲜，而且我走神了，把它放在炉子上烧了太久。”泽塔喘了一口气，继续描述袭击时发生的事：她是怎样把镇长变得几乎隐身，但由于上半身和胳膊没有隐身，于是这幅景象把劫掠兽吓跑了。

梅丽尔姑妈在她讲述的时候一直在微微点头，然后直直地望着她的眼睛。泽塔感觉这道目光直击着她的灵魂。“炼金术是一种艺术，但是也是一门科学。它既需要创造力，也需要严谨性，因此你最不能做的事就是走神，几秒钟的时间就是一瓶完美药水和废弃药水的区别。”

泽塔把这一点记到了笔记本上，但是梅丽尔摇了摇头。“你没有找到任何文字记录的配方，是因为它们是不能被记录下来的。人无法完全理解魔法，它们也会随时间不断变化。我们的世界也在不断变化，如果保持开放的心态，就能发现新的机遇。你知道，隐身药水不是一直以来都存在的，灾厄村民的袭击也不是。我们要做的是学习和适应，发现新的方块、新的生物群系、新的看待世界的方式。魔法一直都在，等待你去找寻，去倾听，去观察。这就是它艺术性的所在。”

“要有耐心。”泽塔这么说着，虽然她知道她一点儿都没有。不过她注意到姑妈把话题从她的父亲和他对魔法的厌恶这件事上岔开了。“那么，我要怎样才能掌握这门艺术呢？”泽塔明知故问，梅丽尔姑妈也知道她早就对答案心知肚明，显露出踌躇不定的神色。

“来做一名学徒。”梅丽尔姑妈咕哝道。

泽塔马上来了精神。“意思是你会……”

“不，”梅丽尔姑妈打断了她，“我不能，你爸爸不会原谅我的。但是如果我只是在房间里转悠，说一些关于酿药的事……而你刚好在我身边听到了……这样他就没有什么好生气的了，对吧？”

泽塔点点头，由衷地赞同着：“我喜欢这样，我很喜欢！”

“我们只有几天时间。他早晚会找过来的，我得在那之前让你离开。我不能保证你能学到很多，但是至少我可以给你指明方向。我们只能尽全力保卫家园了。”在梅丽尔姑妈说出“家园”这个词的时候，听起来就像是一个抽象的概念。就像她离开褐土沙丘太久，不能再回去一样。不管父亲和梅丽尔姑妈之间有怎样的鸿沟，泽塔都希望他们能逐渐抚平它。

他们第二天起了个大早，梅丽尔姑妈把一碗炖菜放在了泽塔面前。“酿药守则第一条：不要空着肚子酿药。”梅丽尔边说边搅动着自己冒着热气的碗。

泽塔看着表面漂着彩色微粒的混浊液体，倒吸了一口气，这看起来有点……“姑妈……还有什么别的吃的吗？”泽塔胆怯地问道。梅丽尔姑妈叹了口气，从箱子里拿出了一个南瓜派，放到了泽塔面前。泽塔两眼放光，把它整个儿塞进了嘴里，碎屑不断从两个嘴角掉出来。

“我们午饭可以吃蛋糕。”泽塔笑容满面地说道。

梅丽尔姑妈皱起了眉。“蛋糕在你肚子里只能待上几分钟，然后你还会饿。而南瓜派，虽然其中的糖分只能让你精神一小会儿，但是它可以让你好一会儿都感觉饱饱的，而且还含有很多维生素和矿物质。”

泽塔的目光对上了她的姑妈，觉得姑妈随时都会笑起来。派，适合做早餐。不过看起来她是认真的。无论如何，这都要比她爷爷的最爱——一日三餐都烤土豆更让人有食欲，也比刚才的迷之炖菜更好，所以泽塔并没有抱怨。

泽塔点点头，拿出一根胡萝卜朝着一只跑来跑去的圆滚滚的棕色兔子走去，它正因为她的存在而感到迷惑。她把胡萝卜放得更近了一点儿，兔子也朝她靠近了几步，紧张地颤动着鼻子。终于，它叼走了胡萝卜，看起来很开心。

“它有名字吗？”泽塔问道，伸出手揉搓着棕色兔子的耳根，但它被吓到了，带着战利品跑到了菜园的另一边。

“没有。不要过于依恋……”梅丽尔姑妈说道，“不然我们就没时间做跳跃药水了，不过……”

“哦，”泽塔说着，记起来跳跃药水的主要原料就是兔子脚，“是啊。”在爷爷的农场里待了那么久之后，泽塔早就知道不要过于喜欢动物们了，早晚有一天它们会成为某人的晚餐。

“另一方面，发酵蛛眼这种东西，它们永远都不会坏。事实上，这东西时间越久越好。有几个在我手里的时间比你在这世上的时间还长。”随着泽塔沉浸在思绪中，梅丽尔强硬的态度也逐渐缓和。泽塔依稀记得姑妈的事情，她知道在父母曾经都去工作的时候她们待在一起过。

梅丽尔姑妈从花园四处采收了其他物品：西瓜、甘蔗和蘑菇，并把它们放进了包里，往屋里走去。在上台阶之前，她看了看在门廊暗处静悄悄生长的下界疣。或许也没有那么静，泽塔觉得她可能听到了低语的声音，这让她汗毛直竖。她鼓起了所有的勇气，没有跑开，看着姑妈把手伸向那些红色的疣状植物，先用食指尖轻轻地拂过每一株，再摘下一些放进包里。

“有什么方法可以解决下界疣的气味吗？”泽塔问道，期望着听到或许有什么魔法，或许是某种可以让她的嗅觉消失的药水的名字。

“周围放一些花就好了。晒干的、刚摘的、混在一起的、放在罐子里的都行。早晚你会习惯的。”姑妈皱了皱眉，“基本上，比较老的那些还是很刺鼻，所以下界疣越新鲜越好。这意味着你要拥有自己的田地。我可以给你几块灵魂沙让你拿回去，但是你得把它们放在安全的地方，因为灵魂沙要是落到了坏人手里，会带来很严重的后果。下界疣农场应该建在一个你经常经过的地方，最好离家近一点儿。不能太久不去照看，尤其是如果周围有动物或者比较敏感的人的情况下。”

泽塔用力地点着头，但是她也盼望着姑妈能赶快说完，这样她们就可以回到屋里开始酿药了。刚才的低语变得更猛烈了，她能感到它们滑过她的皮肤，就像一根冰冷的、毫无生气的手指一样。

梅丽尔姑妈拍了拍她装满了原料的鼓鼓的背包，往突起的门廊上走了一步。泽塔急匆匆地跟着她，但刚要从前门进去，姑妈的手就挡住了她。“没那么快，你还得采集你的原料呢。”

“但是我们刚才……”泽塔哽住了。

“不，我刚刚采集的是我酿药的原料，现在你要去采集你自己的。只要记住我刚才说的就没问题。”

泽塔被一只冰冷的手拉住了手腕，她吓得倒吸一口凉气，但低头一看，却什么都没看到。

“没事，都没事，”泽塔自己嘟囔着，“这沙子里也许只是囚禁了几百个被折磨了几千年的灵魂罢了，有什么大不了的？”

泽塔闭上了眼睛，把手伸到了门廊下面，手指触碰到了那些疣状的凸起，趁着自己敢把手放进去的这几秒摘下了一株最大的下界疣。然后她便把手缩了回来，把下界疣塞进了包里，看都不看一眼，接着马上疯跑起来，直到自己撞到了花园的围栏，才吸了一口凉气，抚慰了疼痛的身体。她甚至没有发现她刚才没有呼吸。

不过，现在最难的部分结束了，她可以不再担惊受怕地采集剩下的原料了。她摘下了一个熟透了的、圆滚滚的西瓜。瓜类占了花园里很大的一片地方，梅丽尔姑妈说，只要悉心照料它们就能结出很多果实。

她拔了十几根鲜嫩结实的胡萝卜，在把它们放进背包之前摘下了绿色的叶子。然后她又拔下了几根喂给了那些蹦来蹦去的兔子。泽塔下定决心要逮住那只棕色的兔子以证明自己，但是当她去寻找它的时候，发现那只兔子从自己忘记了关的大门里冲了出去。

“哦，不！”泽塔说着，跟在兔子后面追了起来，这次她确保关上了门。她朝兔子吐了吐舌头，引起了它的注意。“在这里，小宝贝！”泽塔说着，朝云杉下面蹲着的那只兔子举起了一根胡萝卜。兔子抖了抖鼻子，看起来有点感兴趣，不错。不过此时泽塔发现了脚下灰化土里生长的蘑菇，正好现在可以采集一些。她轻轻往下够，用手抓了一把，然后把注意力转回到兔子身上，但它又跑了起来……跑到了门廊下面。

泽塔心头一紧。别……

别别别……

梅丽尔姑妈提到过一些关于动物和灵魂沙的事。她不能让那只兔子待在下面，或等它自己出来，她也不能去找姑妈帮忙。如果她连关门这件事都做不好，姑妈又怎么会相信她会用魔法药水呢？没错，她只能鼓起勇气爬到那下面抓住兔子。这应该不会花太长时间，最多也就十五秒。至于那些声音怎么办，好吧，只能忽略它们了。

# 第六章

当泽塔四肢着地往门廊下方偷看的时候，她好似看到一双珠玉般的眼睛从黑暗中盯着她。有那么一瞬间，她好像看到了其中迸发出一丝红光。好似奥斯滕常说的原野上游荡的杀人兔那样，但杀人兔不过是个吓人用的传说罢了。泽塔不由得倒吸一口气，她还是有一点儿怕的。兔子的眼睛又恢复正常了，可能刚才不过是光线的诡计罢了。

“你可以把兔子吓出来的。”一声耳语贴着她的脊梁扫下，听上去非常温和亲切，并没有那么可怕，哪怕这声音或许来自某个死了很久的可怜灵魂。

她甩开那个声音，试着往前爬，但是并没有用，她呆呆地挪到门廊下面。

“做一个稻草人吧，”那个声音建议道，“对鸟可以的话，为什么对兔子就不行呢？”

为什么不呢？她不必爬得全身脏兮兮的，小兔子就会自己跑出来。双赢，对吧？但是她能用什么做一个稻草人呢？她爷爷用干草捆和南瓜把害虫赶出土豆田，但是泽塔没有看到这两样东西。

“灵魂沙。只需要四个方块，”那个声音说道，“很简单的，只要把它们搭成T形。”

嗯。梅丽尔姑妈说她会给泽塔一些她的灵魂沙，所以她应该不会去介意泽塔现在就拿一点儿出来的。她挖出了四块刚种下下界疣的灵魂沙，然后把它们组装在门廊的另一边，兔子就藏在那里。

不过组装出来的稻草人在泽塔看来还不够可怕，它还需要一个脑袋。

“装一个头……或许三个更好，”声音低语着，“屋后深埋着一个箱子，里面放着三个头骨，它们就很不错。”

听起来要挖好大一片区域，她本可以直接爬下门廊进进出出就可以搞定一切。但是泽塔觉得没有问题，她对自己没有问题这点也是毫不质疑。她完全没必要这么做。可这一切都合乎逻辑，没有问题。

她花了十分钟才把箱子挖出来。箱子很旧——铰链生锈，木头龟裂。果然，泽塔打开一看，里面放着三个黑色的头骨。她暗自笑了笑。这些头骨确实可怕，非常可怕。她内心深知，她通常不会去碰这些东西，但现在，它们好像非常无害，就像小孩子的玩具那样。这些头骨有些地方已经腐烂发软了，还附带着腐烂的肌腱，但她还是感觉它们像玩具那样。

她把三个骷髅头带到稻草人旁边，先放置了一个骷髅头。那个声音说得对，一个头骨就是一倍的可怕，三个头骨就是三倍的可怕。她又放置了右边那个，然后把手伸向最后一个头骨，这时候她的姑妈尖叫着冲出了屋子。

“泽塔！不！不要！”她一边说，一边翻过门廊的栏杆，重重地摔在地上。

“快动手吧，就现在！”那个声音命令道，这次一改它之前温和的态度。

“泽塔，亲爱的，快把头骨放下！”梅丽尔姑妈说。她似乎很害怕泽塔，就像泽塔害怕兔子的红眼睛一样。

“把头骨摆上去，泽塔。”

泽塔的双手颤抖着拿着头骨，她不知道该听谁的——是曾经在泽塔幼时疼爱她的姑妈，还是从闹鬼的沙地上发出的神秘而邪恶的声音。

泽塔没有机会做出选择，因为就在她犹豫的那一刹那，姑妈冲过来把她撞翻在地，头骨从她手上滚出，停在了一盆雏菊边上。死气与生气共处一个画面，场景非常诡异。

“泽塔？泽塔，你醒了吗？”姑妈不断轻拍着泽塔的脸，泽塔渐渐地清醒了过来。她在干什么？她的姑妈为什么要打断她？

“你好啊，姑妈，”泽塔嘟囔着，“抱歉，我现在啥都想不起来。我犯了什么错吗？”

梅丽尔姑妈摇了摇头。“不，这是我的错，我想错了，你对此尚未做好准备，看在老天爷的分上，你刚刚差点召唤了一个……”梅丽尔姑妈欲言又止。

泽塔看了看稻草人。现在她全都想起来了，兔子跑到了门廊下面，然后她耳边响起了耳语……“是那些声音。它们促使我去做的这些事，对不对？”

“我已经忘了它们多擅长游说那些不熟悉它们的人了。有些人可以屏蔽这些声音，让它们无从下手。但沙子里的那些灵魂，它们总是在寻找能上钩的目标。”梅丽尔姑妈拉起泽塔，“我来帮你清理干净，再打包一些馅饼，给你回去的路上吃。”

“等等，我还以为我们要开始酿药呢！”泽塔举起装满配料的包，“我快采完了。我只需要再收集一些甘蔗！”

“不行，泽塔。”

“可是还有那些灾厄村民！”

“药水你能拿多少就拿多少，但我不会教你怎么酿药。你父亲……”

“我父亲怎么了？你为什么一直逃避这个话题？你们之间到底发生什么了？”

梅丽尔姑妈咬着嘴唇，眼中的悲伤无法否认。然后她转过身来，走到园子的后边，那里的树木更加茂密。泽塔正要背身过去生闷气，这时她姑妈喊道：“你到底要不要来？”

泽塔急忙跟在姑妈后面，拨开葡萄藤，跨过已经腐烂的枯木。在阴影中，泽塔瞥见了一双双红眼睛——是一些蜘蛛——但不知何故，她知道，只要她还和姑妈待在一起，它们就不会靠近前来。她们来到了一个陡坡上，看到了山那边的整个世界。它连绵不绝，如此清晰，就像一幅画。她坐在姑妈旁边，仿佛她们正坐在沙发上，而不是某个危险的悬崖边上。

梅丽尔姑妈叹了口气，眼睛紧望着地平线。“你母亲，她很聪明。我不知道你父亲有没有和你说过，但她确实很聪明。她发现了问题，想出了一大堆解决办法。她会解决那些我们尚未知是问题的问题。”

“真的吗？”泽塔惊讶道。她对母亲知之甚少，她的父亲从来没提起过她的母亲。

“真的。你知道镇公所通往保险库的活塞门吗？那就是她的发明。”

泽塔眼前一亮，她从没听说过这个。

“你母亲和我，我们就像姐妹一样，我们一直形影不离。你父亲那时候大部分时间都在矿上，所以我们互相陪伴，特别是在你出生之后，工作的时候我们轮流照看你。我搞我的魔法，她搞她的发明。我给矿工们合成了迅捷药水，帮助他们加快挖掘采矿隧道的速度，帮助他们更快地回家，这样他们就能有更多时间去陪伴家人。你母亲甚至做了一个完全自动化的甘蔗农场。我们这样的生活持续了好一段时间。你父亲对这一切感到欣喜若狂。当时，魔法对我们镇来说还是新鲜事，但似乎每个人都欣然接受了它。”

“你母亲和我一起工作了几个月，试图研究更好的方法来提高采矿效率。我们在书籍里搜寻方法，直到有一天，她偶然发现了一种可以创造急迫效果的装置——信标。有了它，你父亲和其他工人可以更快地采矿。信标会向任何在其射程内的人发出魔力。”

“听起来不错。”泽塔说，不禁去想象如果她不用花上一整天的时间在挖矿上，她能空出多少时间去练习酿药啊。但是很显然这其中出了什么问题，因为她已经在矿里挖了半年，但从来没有听说过急迫信标这一回事。

梅丽尔姑妈说道：“这是个陷阱。你需要一颗下界之星才能实现它。”

泽塔所知道的关于下界的一切都来自于敌对生物游行前夕的纸花彩车，熔岩湖、愤怒的猪、在半空中飘浮的恶魂火球射击。泽塔小时候就相信这些奇幻的东西，但她知道这都是为了吓唬孩子们编出来的，让他们不会对外出产生好奇。

“那么你去过下界了吗？”“没这个必要。我的下界疣农场直接就有灵魂沙，然后我们拿一些宝物和别人交易获得了凋灵骷髅头。然后，我们就像你一样堆灵魂沙，再把头骨放置在上面就能够召唤出凋灵了。它的破坏力比任何生物都要强大得多，它不仅能飞，三个头颅还能不断向外射击头骨，每发头骨的威力丝毫不亚于苦力怕的爆炸。而你成功杀死了它的话，它就会掉落一颗完美的下界之星。”

泽塔僵住了，这一刻她忽然想起自己刚才的行为，她往后缩了缩。“我刚才建的那个结构……我是在召唤凋灵？”

“就差一点儿。如果你成功了，那整个山坡都会被撕碎的。”梅丽尔姑妈耸耸肩，“还好没成功，所以你也不用担心。你母亲也没有担心。她有一个杀死凋灵的点子，我们只需要建造一个能够瞬间倾泻箭矢与药水的机器，在一瞬间杀死它就好了。然后我们就可以捡起那颗下界之星，制作一个信标。”

泽塔的声音变得柔和起来：“那么她的发明……没有起作用吗？”

“运作得非常完美，凋灵只来得及射出一发骷髅头，打中了一只无辜的可怜小鸡。机器几秒钟内就向着凋灵倾泻完了装载的全部弹药。在我们反应之前，凋灵就被消灭掉了，只剩一颗下界之星。至此我们终于有了一颗我们自己的星星！”

“它很美，泽塔。你可能没法相信，它的光芒非常耀眼，我们无法挪开自己的视线。一切都很顺利，然后你的母亲发现了另一件宝物……地面上有一朵美丽的黑玫瑰。她采下了这朵花，打算在我们回家后把它种下。但她一定是被花刺伤了手。她痛苦地尖叫了一声，把花丢了出去。”

泽塔悲痛得难以呼吸，眼泪控制不住地洒落出来。姑妈梅丽尔牵住了她的手。

“这是一朵凋零玫瑰，是在凋灵杀死鸡的时候生成的。我现在知道了，但那时候，我一无所知。它通常不会致命，但你母亲却因此产生了严重反应，而且病情越来越严重。我们认为牛奶应该可以治愈她，但是当时的褐土沙丘并没有奶牛。我和你父亲交代了一切，他照料着你母亲，而我不断地为你母亲酿制治疗药水，但是无论是普通的还是喷溅药水都没有用，几小时后，她便凋零而亡了。”

“我们都非常悲伤，你的父亲直接崩溃了，他没收了那颗星星，或许把它丢下了悬崖。他说，如果可以的话，他希望家里还有镇子里再也不要用魔法了。大家都同意了，对这个世界和一切机遇都封闭了他们的心灵。他们非常乐意去保持原来的生活方式。但是他们没有理解，哪怕他们忽视整个世界，世界也会不断地前进改变着。所以我必须一直练习这些炼金术，我得不断去学习，这是唯一能让我的心灵不去想失去你母亲还有那一切的方法。六个月后，我就离开了褐土沙丘，再也没有回去过。”

“对不起！”泽塔说，紧紧握住姑妈的手。

“不，我才该说对不起，”梅丽尔姑妈说，“我以为我们已经采取了一切预防措施。我们本以为这是很安全的，我们做对了一切。但是魔法是不可预知的。一旦你懈怠了，它就会让你知道谁才是真正的主人。”梅丽尔姑妈叹了口气，然后把手放在膝盖上，摆弄着大拇指，“你穿的是她的外衣，对吧？”

泽塔低头看了看那件蓝色旧束腰外衣磨损的边缘，然后点了点头。“几年前，我在客厅壁橱的柜子里找到了这件衣服。现在终于合身了。我想这是我穿的第一件不是绿色、灰绿色或白色的衣服。”

“你爱着她，如果她看到你这样去追求自己的梦想一定会很高兴。”

“我希望将来能有这么一天，我能成为她的骄傲。”泽塔来回转着大拇指道。

“你做得到的。我觉得，如果我能帮你加快这一进程，那倒也不错……”

“这是不是说……”泽塔惊喜得不能自已，差点从悬崖上摔下去。姑妈伸手拉住了她。

梅丽尔姑妈点点头说道：“我正好来给你上一堂酿药课。”

“所以，把你的问题摆出来吧，别让我听到一些无聊的话哟。”

泽塔跟着姑妈回到了小屋，她的头因为兴奋而眩晕，很快姑妈就开始给泽塔上了第一堂正式的酿药课。

梅丽尔姑妈一边擦着额头上的汗水，一边说着：“你必须低温慢煮迅捷药水，这样糖才不会焦糖化。”她们拿出另一套四个酿造台，放在工作台的另一侧，供泽塔使用。八个酿造台同时开动，即使窗户开着，整个房间还是被蒸汽占满了。

泽塔在本子上草草记了一笔，然后走到一种冒着气泡的药水前，把温度降到最低，气泡逐渐消失了。她加了一大勺糖，当药水褪成蓝色时，她很高兴，这颜色和她姑妈正在煮的一模一样。不过，泽塔无暇休息。她的姑妈势头正猛，好似喝过了一瓶迅捷药水，但泽塔理解她只是紧张和兴奋。梅丽尔姑妈可能很少与人交谈，即使她是一个隐士，泽塔也能看出她很喜欢有人陪伴，也很喜欢有机会传授她的知识。

“你酿制力量药水时使用的烈焰粉数量要取决于当时的

环境温度，如果天气暖和一点儿，你可以少用一些。所以沙漠白天时更加适合酿制力量药水，你要好好利用这点，或许酿制一点儿没什么差别，但是如果你大批量酿制，就能省下很多烈焰粉了。”泽塔仔细看着梅丽尔姑妈的每个步骤，此时姑妈正把一把烈焰粉撒入另一种奇怪的药水之中。

姑妈没有给任何药水贴标签，这让泽塔感到很不习惯。泽塔很想知道每种奇怪的药水中各自都添加了哪些额外的成分，所以她在笔记本上列了一张表，详细记录了每种药水里都有些什么成分。姑妈对她认真的态度非常满意，虽然嘴上没说，但是脸上却表现了出来。

然后梅丽尔姑妈走到她的工作台前，砰的一声把一整个西瓜砸在上面。她切开瓜，鲜红的瓜瓤露了出来。切了几片后，她拿出一些金粒，把它们加工成了闪烁的西瓜片。

一切完成后，她就迅速地把瓜片切丁，然后冲向酿造台，把小颗粒倒进玻璃瓶里。“闪烁的西瓜片很难处理，会弄得到处都是汁液。因此，如果你不想让背包中的东西变得黏糊糊，就应该在使用前把它们加工好。它们的种子很有用，如果你愿意，可以在酿制完成后把它们过滤出来。”

泽塔点了点头，然后也认真去处理她手上的瓜。尽管被提醒过，她衣服上还是沾满了果汁。另外，她切得太大了，切好的瓜装不进瓶口，所以她不得不回去把所有的瓜片又切了一遍。她疲惫不堪，擦去额头上的汗水，脸上也留下了黏糊糊的汁液。

金胡萝卜则要容易得多——并不必把它们切成小块。最后，她同时酿出了治疗、力量、迅捷和再生的药水。泽塔一边工作一边仔细检查她的笔记。她不能把这个机会搞砸。

“现在是最关键的地方……”梅丽尔姑妈说道，“你应该弄清楚怎么通过添加火药来酿制喷溅药水。这里需要很精确，你可以用这个勺子来测量，一平勺足矣。不要多，也不要少，否则就很容易产生失误。其他选择是用荧石强化你的药水，或者用红石延长它的持续时间。要多做实验，等你做得多了，你就会清楚把药水取下来的火候了。”

泽塔向迅捷药水中扔了一把荧石，向力量药水中扔了一把红石。随着尘埃的溶解，透明液体在两种情况下都变得混浊。荧石碎片发出的光芒令泽塔着迷。她小心地量出了一些火药。她拿起勺子舀出一勺，然后用手指滑过勺子的上方，把多余的粉尘刮回到桶里。她屏住呼吸，把它倒进了治疗药水里，但一倒完，她又被迅捷药水里的荧石斑点吸引住了，真漂亮啊！

也许她盯得太专注了，所以她被一种甜香的气味弄得措手不及。她刚想问她的姑妈午餐有没有甜点，就意识到迅捷药水已经开始焦化，让玻璃瓶底部涂上了一层温暖的金黄色黏液。

“该死！”泽塔道，药水已经完蛋了，“我还以为我已经把火调到最小了。”

梅丽尔姑妈走过来，检查了一下酿造台上的烈焰粉容器，这是酿造台的能量来源，摇了摇头。“这个台子总是给我找事。不是你的问题，只是材料管堵塞了。我来把它清理干净，你可以再试一次。”

泽塔叹了口气，又松了一口气，虽然这并不是她的错，但是她不知道如果她把药水搞砸了，该怎么补救。尽管如此，她还要正确地酿制出剩下的药水。她现在该做什么？哦，对了，喷溅药水。她的神经绷得紧紧的，但她尽量不受影响，小心地量出一些火药。她拿起勺子，盛了一点儿，然后用手指滑过勺子上方，再把多余的粉尘刮回到桶里。她屏住呼吸，把这勺火药倒进治疗药水里，然后……

酿造台上突然爆出火花，发出咝咝声。等等，她刚才加了多少火药？泽塔以前就见过这种情况——那时，她是第一次实验酿药。燃烧的火药当时不慎被点燃，引起了一次小爆炸，还烧掉了她的眉毛。现在，泽塔已经进一步地了解了酿造台的工作原理，她这次可以停止反应了。她拧下烈焰粉容器，迅速将其中的烈焰粉倒在工作台上。酿造台安静了下来，粉末的咝咝声开始消散。

这一小堆烈焰粉爆出最后一发火花，就像一道橙色的烟火在房间里射起。泽塔的眼睛立马瞪直了，因为火花直奔着敞开的烈焰粉尘箱子飞去。泽塔想要冲上前去盖上盖子，但为时已晚。

火花落在箱子里，然后——

砰！

泽塔被白光晃瞎了眼，她的耳边炸出了比褐土沙丘的钟楼更响的声音。过了一会儿，她才意识到自己早已不再站着，而是被夹在工作台与箱子之间。她眨了几下眼睛，耳鸣缓缓消失，之后她的视力也完全恢复了。但是整个酿造台还有梅丽尔姑妈的酿药间都被摧毁了。

# 第七章

姑妈风风火火地走到泽塔身边，口中喋喋不休，但是头痛欲裂的泽塔只能零零星星地听出一点儿她在说什么。泽塔明白自己让姑妈很生气，这是显而易见的。这可真是犯了大错了。

泽塔低声下气地恳求起来，她不知道该怎么做了。“姑妈，我错了！别告诉我爸爸。我什么都会做的！帮你打扫屋子，做炖菜，照顾花园，帮你从镇上带东西，任何和药水不相关的事。我会收拾这个烂摊子的，我保证。”

梅丽尔姑妈叹了口气。“你确实把这里弄得一团糟，但是你没事是最重要的。我可以做更多的酿造台，但是我不能做出另一个你。”梅丽尔姑妈看着周围的狼藉，又叹了口气，“你知道吗？其实我和你妈妈最初也弄出过很多乱子。有一次我试着酿制抗火药水，但是可能放了太多岩浆膏，我把整瓶药水灌下去了，然后走进火焰里看看会发生什么。”梅丽尔姑妈睁大了眼睛，把头倾了过去。

“发生了什么？”泽塔问道。

“你知道爷爷奶奶的谷仓后面有个奇怪的灼烧痕迹，对吧？”泽塔点了点头。

“当时药水散发出了很多的光和热，以致把五格范围内的所有东西都燎到了，差点烧掉了谷仓。不用说，之后我灭火越来越熟练了。”她向泽塔露出一个温暖的笑容，“另一方面，每次你妈妈的装置差点误伤我时，我都可以得到一块金锭，它们都够我建一座四级的信标塔了。后来你妈妈开始用皮革装订的日志做起了详细的笔记，就不再犯那么多错了。意外总会发生，泽塔，这也是学习过程的一部分。不过下一次最好试着不要犯那么昂贵的错了。”梅丽尔姑妈看着周围，再一次皱起了眉，叹气声连绵不绝。

“药水都毁了，看起来我也没有烈焰粉了。我不能让你空手回去，我会去再找一些。我出去的这段时间，你可以先清理这个烂摊子。”

泽塔点头。“没问题。谢谢你，姑妈。”

“顺便照看好动物和花园。而且，千万千万不要靠近酿造台和灵魂沙，也尽量不要弄坏别的东西。”梅丽尔姑妈说着，打开了屋子里的一个箱子。她拿出了一把剑，不是铁的，不是钻石的，而是通体黑色，锃光瓦亮，看起来锋利得能斩断一整沓纸。接着，梅丽尔姑妈拿出了一件蓝灰色的斗篷，穿戴得严严实实。斗篷垂在她的背上，好像蜜蜂的翅膀一般。

最后，姑妈从箱子里拿出了一把闪闪发光的弓和一些看起来不同寻常的箭，和雷恩用的那些不同，它们的箭头是彩色的，周围飞舞着尘土般的粒子。“姑妈……”泽塔清了清喉咙，“那是什么？那些箭看起来……有魔法。”

“就是这么回事。它们沾了有龙息的喷溅、剧毒、伤害和虚弱药水。”姑妈皱了皱眉，“可惜我们学不到这些了，我看现在不能再收学徒了。”

泽塔无话可说。她还没在姑妈手下学习半天，就差点召唤出一只凋灵，还把姑妈的住所破坏了大半，姑妈感到失望也是情理之中。泽塔看着姑妈从箱子里拿出一件又一件物品放进背包，对于一场短途旅行来说，这些东西显然太多了。

“等等，你究竟要去多久？”泽塔边问边把一个倒下的酿造台立起来。管道里面的烈焰粉已经凝固成一团，完全不能用了。泽塔很清楚，虽然到达最近的镇子需要走不少路，但是最多休息一晚就够了……如果梅丽尔姑妈想多逛逛，可能需要两晚。

“一周吧，最多两周，”梅丽尔姑妈说道，“我得去下界一趟，还可以收集一些其他原料，正好我也快没有恶魂之泪了。”她说这句话时的神情如此轻松，就像她只是要去采几根胡萝卜一样，就像是去下界这件事只是家常便饭，而不是前往一个满是熔岩的主世界一样。

“等等……恶魂是真的存在的？”

“不然你觉得恶魂之泪是怎么来的？”梅丽尔姑妈问道。

“我不知道，我只是觉得也许这个名字会听起来很酷，就像岩浆膏和幻翼膜，还有……龙息一样。”

梅丽尔姑妈又叹了口气。“我亲爱的孩子，等我回来之后我们得好好谈谈。我保证速去速回，但是我需要补充很多东西。不过听起来你们把那些灾厄村民打得落花流水，所以他们得花点时间才能再组织另一次袭击。”

“好的，那我在你出去的这段时间会帮你打扫，然后清理掉所有的蜘蛛网，”泽塔嘟囔着，“我还会准备很多南瓜派等你回来的。”

“别管那些蜘蛛网。”梅丽尔姑妈说着，拍了拍泽塔的脸颊，“它们可以让这里变得有些与众不同。另外，我可等着你的南瓜派了。希望比起酿药，你更擅长烘焙。”她开玩笑般地说着，缓和着气氛，但这让泽塔更难受了。泽塔恨不得找个地缝钻进去，但还是挤出了笑容。“希望吧。”泽塔说。

在姑妈离开之后，泽塔开始捡拾地上的玻璃碎片，擦拭她破碎的希望和梦想。神奇的是，她的一瓶药水在爆炸中留存了下来。那是一瓶力量药水，瓶身上还留有余温，装着血红色的液体。她把它放进了背包，这也让她乐观了一些。不过也许爸爸说得对，她也许不需要为酿药这件事操劳，把保卫褐土沙丘这件事交给大人们。

泽塔忙活了两天，终于让这里一尘不染。泽塔在房间里四处探索着，窥视着箱子里的东西。有一个箱子里装着一些沙子。泽塔觉得做一些新的玻璃瓶去替换掉她弄坏的那些应该是个好主意，便点起了熔炉。

在她等着沙子烧热，以便开始制作玻璃的间隙，她看了看放在高处架子上的奇珍异宝。她当然不会去摸它们，绝对不会，她可不能再辜负姑妈的信任了。

那是绿宝石吗？一个架子上放着一排绿色眼睛的图腾，一共有七个。另一个架子上放着一些奇怪的紫色果实。泽塔凑过去闻了闻，是甜的，但是这气味就像是从另一个世界而来，在她喉咙里留下了一股怪里怪气的味道。

一个箱子里装着末影珍珠。泽塔和她的朋友们从来不敢和末影人战斗，但是别的狩猎队曾经带回来过末影珍珠。不过她面前的这些看起来有点不同，它们有着更浅的绿色，而且上面的眼珠好像在盯着她一样。她感到脊背发凉，马上关上了箱子。

接着泽塔看到了房间对角上的什么东西，那是房间里最暗的角落，窗户和火把的光都没照到的地方。那东西上面盖满了蜘蛛网，就像被放在那里十几年了一样。

那是一个蛋——泽塔只能勉强看出它的轮廓——一个很大的蛋，几乎有她一半高。它的颜色是最深最美的黑色，上面点缀着紫色的斑点。它像歌谣一样呼唤着她。

泽塔十分警觉，她可不想再出什么意外，但是给它掸掸尘土不是什么坏事吧？确实，蜘蛛网可以让这里看起来更有生机，但是这也……太多了吧。而且这颗蛋这么漂亮，应该炫耀一番，对吧？也许可以把它展示出来。

于是泽塔扫掉了周围的尘土，让那颗蛋显露的地方越来越多。

这样就好多了。她站在它旁边叉着腰，得意扬扬。现在该做玻璃了，但是她的脚却没有朝着燃烧的熔炉移动，一步都没有。

“现在该做玻璃了！”她大声说了出来，盼望着身体可以做出反应。但是她还是待在原地看着这颗蛋，这个美丽的东西。

她不能去摸它。

她不能。

但是用手指轻柔地摸一下应该不会有事吧？反正这样肯定不会捅破它。这个东西虽然古老，但是看起来没那么易碎。其实，它看起来就像一块石头。

“那些瓶子可不会自己烧好。”泽塔最后又说了一遍，希望能唤回自己的意识。与此同时，她已经朝着那颗蛋伸出了食指。

她摸到了，接着马上感到一种奇怪的吸吮感，同时听到了一声爆裂声在屋里回荡。

她眨了眨眼睛，一下，两下。泽塔咬牙切齿。

还好她没弄坏那颗蛋。

但坏消息是，它完全消失了。

“好吧，并不是完全消失。”泽塔舒了一口气，发现那颗蛋现在到了自己背后。她差点被绊倒了。她想把它放回那个阴暗的角落，可是她刚一摸到那颗蛋，它就一闪跑了，这次重新出现在了酿造台上。她又试了一次，尽可能地轻手轻脚，但它又闪现在了大门前，像是要逃跑一样。

惊慌涌上泽塔心头，让她感到一阵反胃，就像盯着她姑妈的迷之炖菜一样。她得解决这件事，而且要快。用手去移动这颗蛋肯定行不通。她在想，如果她多动动脑子，就可以找到解决办法。要是她继承了妈妈的聪明才智该有多好。泽塔知道妈妈也犯过错误，但是她现在可不能再犯一个错了。

她得找到什么方法把这颗蛋放回去。她试着用木棍捅了捅蛋，这次它至少没有消失，但是她试着用木棍推动它的时候，才发现这颗蛋太重了，根本纹丝不动。泽塔现在需要的是一个可以让她借力的东西。她突然想到了活塞，她看过瑞特在他的红石整蛊装置里用过它们。如果她能制作一个活塞，也许就可以用它来把蛋放回原位。

泽塔在工作台上反复试验了几次才制作出活塞和一个配套的拉杆，她成功了。她把活塞放在那个地方，反复拉了几下，看到活塞头不断弹出收回，弹出收回，愉快地喊了出来。

不过当她把活塞朝着蛋放下然后拉下拉杆时，活塞却卡住了。或许这颗蛋太重了。她更用力地拉了下去，活塞开始往前缓缓推动着蛋，但蛋还是太重了，她的力气不够大。

泽塔拿出了她的力量药水。虽然她向姑妈保证过不会酿制药水，但是她可没保证不使用已经做好的药水的事。她拧开了药水。在爆炸之前，泽塔很确定她酿制的药水都很好。

泽塔吸了口气，她肯定会没事的。

她把瓶子拿到嘴边，那仿佛在燃烧着的热腾腾的液体顺着她的喉咙流下。泽塔快速地吸了几口凉气。除了挥之不去的下界疣的余味之外，那瓶药水没什么特别的味道，但她感觉自己的舌头就像舔过了太阳表面一样热。

几乎一瞬间，她就感觉浑身都紧绷了起来，虽然体格没变，但感觉自己长了一倍。她感觉自己充满力量。除了变强的感觉之外，她还感受到了一股想使用或展示这份力量的冲动。

泽塔居高临下地盯着那颗蛋。虽然它没长眼睛，但是它肯定也在盯着她。她觉得需要告诉它谁才是老大，于是拼尽全力拉下了拉杆。

也许有点用力过头了，因为活塞头已经以迅雷不及掩耳之势飞了出去，而那颗蛋非但没动，还……

……被她弄裂了。

随着裂痕逐渐扩大加深，泽塔的双眼也瞪大了。

哦，不。

不，不，不。

她到底做了什么？玻璃瓶和原料是可以再取得的，但是这可怎么办？梅丽尔姑妈肯定不会原谅她打破这颗蛋这件事的。裂痕从蛋的顶部一路延伸到底部，较宽的缝隙处她都可以把手放进去，肯定修不好了。

而且糟糕透顶的是，她看到里面有什么东西在蠢蠢欲动。

# 第八章

泽塔尖叫起来。

蛋里的那个东西也发出了一声尖叫，回应着她，这奇怪的声音既像小狗的呼噜声，又像蝙蝠的叫声。它针尖般尖利的爪子扒动着黑色厚重的壳，一点点把它弄碎，直到它探出了鼻子。这个东西的鼻孔像牛的一样大，但鼻子上面像海鱼一样长满了鳞。这个生物的黑色如此深沉，比它周身那个暗色的蛋还要黑。

“待在那儿别动，”泽塔警告着蛋里的东西，往后退了三大步，“别出来！我是个酿药专家，你可别惹到我。”泽塔一边目不转睛地盯着这个正要孵化出来的生物，一边在背包里摸索着武器，想拿出什么可怕又锋利的东西，但最后她却拿出了一把石锄。唉，虽然比不上一把剑，但至少可以造成一些伤害。如果这个黑鼻子后面连着的是一大根胡萝卜就好了。

蛋壳又破了几分，让这个东西的整个头部和大半身躯都挣脱了束缚。泽塔惊得目瞪口呆，她不知道面前的是什么东西。四条腿，一条长长的长满鳞片的尾巴，还有一对扇动着的、看起来对于它的身躯来说太大了的翅膀。它的眼睛竟然是紫色的，像那些末影人的一样，但是它看起来有点既无辜又可爱。

它确实可爱，基本就像一只小狗。它朝泽塔发出呼噜声，然后是低鸣声，然后又是呼噜声。它的翅膀伸展着。从它看着泽塔的眼神来看，这完全不对劲。

“不，不，不……”泽塔说着，把锄头挡在了他们俩之间，“你搞错了，我不是你妈妈。”

那只生物怯生生地朝泽塔挪了几步，再次发出了一声低鸣，带着震颤的尾音，好像在提出一个问题。它拱了拱泽塔的腰。它个头很大，有一头牛的一半那么大，但更强壮。它差点把泽塔撞倒了。

“我说过了，‘不行’。梅丽尔姑妈几个星期之后就会回来了，到时候她会知道该怎么对待你的，所以先等等，不要喜欢上别人。”

泽塔试探着拍了拍它的头，然后又往后退了几步，再次小心地把锄头摆在他们俩之间。但那只生物轻轻地咬住了那把锄头，开始前后摇摆着它，就像一只咬着棍子的小狗。泽塔试着把锄头从这只小怪兽嘴里拉出来，但这让它兴奋起来，咬得更紧了，最后把锄头的柄咬成了两半。

泽塔摇了摇头，试图逃避现实。但这一切都是她的责任，她得照看这只生物，至少要等到姑妈回来，她现在可不想因为这种事分心。她的镇子岌岌可危，她得找到一种不涉及那些会爆炸的药水的法子帮忙才行。

泽塔再次将目光转向那只生物，目不转睛地盯着那些黑色的鳞片和健壮的双翼，她的脑海里逐渐浮现出了一些奇怪的想法。这个……不管它是个什么……总之，看起来有点眼熟。她曾经帮她的堂弟做过一套龙的服装，也是黑色还带有鳞片，就像这只小怪兽一样。也许奥斯滕过于相信怪物之夜那一套，自己想象出了一种新的可怕的生物，他管它叫什么来着？末影龙？每次他把那些傻傻的草图拿给她看的时候，泽塔只是笑着点点头而已。奥斯滕只是个孩子，他能知道什么？见鬼，他睡觉还要点火把呢。

另一方面，这样一只可爱的生物怎么会变成巨龙那样骇人的东西？它的鼻孔没有喷出剧毒，也没有可以把泽塔撕成两半的爪子，更没有使用“龙之吻”的能力，那是一种用鼻尖把人撞得七荤八素的攻击方式。

奥斯滕只是想象力太过于活跃，仅此而已。那肯定不是一条龙，只是某种巨型蝙蝠罢了。她应该能照顾好它，谁知道呢？也许要是她做得不错，姑妈会发现她其实有多么负责，然后考虑继续教她酿药。这件事有点冒险，但泽塔也完全没有别的期望了，她只能专心养育这只肯定不是龙的生物。

“好吧，”泽塔对着那只生物说道，“首先，你被关在蛋里十年了，一定很饿，你想吃什么？”

那只生物歪了歪头。

泽塔在背包里翻找了一下，把几根胡萝卜和一碗冷兔肉煲摆在了那只生物面前。它分别闻了闻，然后气呼呼地扭过了头。

“不饿是吧？我知道了。那你想要什么？”

那只生物又靠近了一些，然后跳向了泽塔。她反应及时，伸出手接住了这只小怪兽。它拱了拱她的脖子，而她拼命试着让它待在怀里。她轻轻地抱住了这只小怪兽，它在她耳边发出了呼噜声。她的身体也感受到了轻微的颤动，这让她面露喜色，也许她能和这位新的不那么小的小伙伴愉快地度过这段时间。

突然间，她的肌肉紧缩起来，五脏六腑像是都要团成一团，全身的力气就像一摞倒塌的脚手架一样消散——是力量药水，药水的效果没有了。泽塔的肌肉抖动着，想把这只生物安全地抱在怀里，但是没撑住，这让她把这只可怜的生物摔在了坚固的地板上。它惊得叫了出来，然后气鼓鼓地看着泽塔，眼神里好像凝聚了对整个世界的不满。

泽塔试着向它道歉，但是根本哄不好这只小怪兽，它开始流着鼻涕在工作室里到处跑起来，打翻了瓶子，撞翻了箱子，一副非要弄出个比泽塔上次爆炸还大的乱子的样子。泽塔开始逐渐明白了，这根本不是一只可爱的小生物，而是破坏力的化身。

梅丽尔姑妈警告过泽塔不要再弄出大的乱子了，但是应该没什么乱子比眼前这个更大了。现在泽塔的首要目标就是把这只生物赶出去。她打开了大门，朝它吹了吹口哨，又发出咕咕的声音，然后试着高声对它说话。

“谁是只好怪兽啊？”她试着模仿堂弟奥斯滕和农场里的动物说话的方式，“谁是主世界最乖的怪兽啊？”

那只生物狐疑地看着泽塔，然后哼了一声。

它喜欢棍子。泽塔从包里拿出了一根木棍，在这只生物面前晃来晃去。它看起来不是很感兴趣。

“想要更大的是吧？”泽塔借用了一些姑妈仓库里的木头，制作了一把铲子，做得很钝，这样就不会伤到任何人。完成之后，她用一块木炭在铲子的表面画上了眼睛和一个友好的笑容。“你喜欢吗？”她朝那个肯定不是龙的生物举起铲子，“来吧，我知道你想要。”

那只生物往前走了一步，又一步。泽塔朝门外退了一步，又一步。“我们可以在外面玩叼东西，在外面，离这些易碎的东西远一点儿。”

那只生物摇了摇尾巴，撞倒了一个里面装着暗紫色液体的酿造台。泽塔皱起了眉，但是那只生物却完全没注意到，它蹦蹦跳跳地朝她走了几步。她转过身冲出了大门，那条龙，呃……完全不像龙的东西跟着她出了门。当她来到门廊上之后，她使劲把那把铲子扔得远远的。那只生物扇动着翅膀跑起来，但脚没能离地。它扑向了那把铲子，用它满是口水的嘴巴把它捡了起来，猛烈地甩来甩去。

“小心点，”泽塔说道，“别把那个也弄坏了。轻点，轻点。”

那只生物一路小跑地回到了泽塔身边，把沾满口水的铲子放在了她脚边。

“你喜欢这样，是吧？”泽塔重新捡起了铲子，把它扔向了更远的地方。那只生物再一次朝着它冲了过去。一次又一次。刚开始，泽塔还挺轻松，玩得很开心，但是在第十二次之后，她的手臂开始疼痛，这个游戏也显得乏味了。不过那只生物可完全还没有玩够。

“你不吃饭吗？不睡觉吗？或者……”这样下去她肯定需要一些帮助。瑞特和雷恩肯定知道该怎么做，但是她肯定不能带着这样一只小怪兽大摇大摆地回到镇上。她更不能把它留在姑妈家里，等不到日落，它肯定就已经把整个房子都拆掉了。

于是泽塔决定找一个折中的办法……把那只小怪兽放到一个安全的地方，然后去叫来她的朋友们。为了这次出行，她带上了几块姑妈做的派，信心坚定地想着回来后再多烤一些补上。接着她一次又一次地丢出铲子，把龙从山上引诱了下来，直到她找到了合适的地方——一个洞穴。

她朝暗处望去，竖起耳朵试着听蜘蛛掠过的声音和骷髅的咯吱声，但她什么都没有听到。她继续深入，举着铲子保护着自己。小怪兽也跟着她进来了，紫色的眼睛在黑暗中发出诡异的光。洞穴曲折延伸，引向一条死路，刚好可以稍微藏匿一下这只完全不像龙的生物。

她留下了一个装满了水的炼药锅和一些小点心给这只生物，以防它饿了或者渴了，然后往后退了一些。这个可怜的小家伙肯定会因为泽塔这样做而生气的，但她别无选择。她把铲子往洞穴深处扔了几次，这只生物每次都带着它回来了，它很开心，泽塔敢保证它肯定在朝她笑。

每次它去捡铲子的时候，泽塔都会在洞穴口附近多放上几块圆石。然后泽塔假装扔出了铲子，骗过了那只小怪兽，让它跑进了洞穴深处，拼命地四处寻找着。它找了大约几分钟才回来，看起来闷闷不乐。与此同时，泽塔封住了整个洞穴的入口，只留下了一个小洞，让小怪兽可以呼吸到新鲜空气。

她朝里面一看，刚才那双小狗一样的眼睛正对着缝隙往外看，就像她想象中的巨大的会喷出毒气的末影龙一样，如果她相信有那种东西的话。不过她不相信。

“不好意思了，朋友，”泽塔说道，“这也是为你好，我不会走很久的。我会带朋友们过来的，好吗？瑞特有点爱开玩笑，但是他很聪明。雷恩很擅长用弓箭，是我知道的最勇敢的人。你肯定会喜欢他们的。”那只生物哼了一声，然后整个墙壁都摇晃起来。嗯，为安全起见，泽塔建起了第二层圆石墙，然后是第三层。随后她便朝着镇子出发了。

# 第九章

瑞特看着泽塔的眼神就像她头上有一只鱿鱼一样。“你说你现在有一只什么？”

“我不知道怎么解释。有个蛋，然后它消失了，然后它又回来了，然后我把它弄破了，然后那个东西……从里面孵出来了。”

“一头牛？上面长了鳞片？”雷恩缓缓点着头说道。

“不，不是一头牛！它差不多有一头牛的一半那么大。是的，它有鳞片，还是黑色的。它还有翅膀，但我觉得它还飞不起来。”泽塔深吸了一口气。他们现在正在她爷爷奶奶农场里的秘密集会地点。她不能冒险回家里，所以她便待在了畜棚的椽子上，尽量忽略下面游荡的鸡和猪的气味。

“跟我来，眼见为实。我在姑妈回来之前都要照顾它，我一个人干不了。”泽塔耸了耸肩。

“泽塔，现在镇上还一团糟呢，”雷恩说道，“我们不能丢下不管。”“不像你一样”，是这句话隐含的意思。双胞胎告诉泽塔她父亲来过他们家很多次找她。她甚至没有告诉她的朋友们她去哪儿了，让他们担心了，这让泽塔有些内疚，而且现在她还回来讲起了这个不知所云的故事让他们帮忙。

“是啊，我们得准备迎接下一次攻击，”瑞特接着说，“因为肯定会有下一次的。”

“我就是因为这件事离开的！去学习酿药，帮助褐土沙丘更好地抵御下一次攻击。但是我差点召唤出一只凋灵，把我姑妈的酿药间弄坏了两次，还打破了一颗蛋，放出了一只小怪兽。我自己解决不了，但是如果你们能帮忙……”

“我们的父母不会让我们出去好几天的，”雷恩说道，“我们在这里还有其他的职责。”

“这一点我明白，”泽塔说道，“因此我们可以轮流出去，给对方打掩护。如果我们能把握好时机，你们的父母根本不会发现你们——”

下面传来一声闷响，这让他们都突然紧张不安起来，害怕有人发现了他们躲藏的地方。三位好友从畜棚的椽子上探出头，盯着下面的土地。墙角里堆着干草垛，后面的墙边上歪着一把老旧的石锄，一只暴躁的鸡正站在存着种子的箱子上，像是在等待谁去打开它。

“有人吗？”泽塔喊了一声，得到的唯一回应只有一头猪的哼哼声。

雷恩耸了耸肩。“我没看到人，也许是猪把食槽撞倒了吧。”

泽塔叹了口气，他们现在可不能让人发现。奶奶和爷爷的农场里会有无数双眼睛，不只是爷爷土豆上的那些眼，此地不宜久留。伙伴们顺着一架摇摇晃晃的梯子爬了下来，然后跑到了中心广场上。受损较小的地方已经被清理掉了，但是比较严重的破坏痕迹还残留着。

钟楼下面缺了一大块砂岩，好像随时都会塌下来一样，但是它依旧耸立着。人们正忙着增建第二层墙壁，泽塔拉起了脖子附近的一块布料盖住了脸，希望没人发现她回来了。她过于专注地躲避着自己的父亲和镇长，差点撞到杂货店门口放鸡蛋的架子上。

“小心点！”店主格洛里安娜说着伸出了手，不然泽塔就要撞倒看起来至少有一百多个鸡蛋的架子了。

“对不起。”泽塔说道，她的声音被布料压得低了一些，她今天已经打碎一个蛋了。她避开了格洛里安娜的眼神，和朋友们一起走进店里为他们的冒险购置零食——空着肚子可跑不起来。三位伙伴一共只有五颗绿宝石，但也够买六块面包和一些甜浆果了。

接着，一伙儿人便朝着沙漠出发了，用双腿竭尽全力地奔跑着，能避开怪物就避开，避不开就和它们战斗。

沙漠的景色逐渐变得郁郁葱葱，太阳变得没有那么刺眼了，空气也变得湿润起来，四周开始出现一片一片的绿洲，他们来到了一个全新的生物群系。

泽塔看到了远处的山峰。她已经灰头土脸，但是他们还有很长的路要走。这趟旅程已经花了一天里那么长的时间，但他们仍然向前跑着，慢下来时就吃几口面包和甜浆果。

终于，他们来到了洞穴口。“到了，别害怕，”泽塔警告道，“不要贸然行动。”她从背包里拿出了铲子，希望可以把它作为礼物送给小怪物与它和解。不过当他们逐渐深入洞穴，小块的圆石开始在泽塔脚下嘎吱作响。不好了，她想着。她走过转角，才发现她建起的那堵墙已经被完全捣碎了。

“你说的生物在哪儿？”雷恩问道，“难道它还是隐身的？”

“我发誓它之前在这里的！它从墙里跑出去了。”

瑞特点了点头。“是啊……你在试着捉弄我们吗？你知道我会更激烈地捉弄回去的。”

“不！那条龙是真的。我亲眼看到——”泽塔用手猛地捂住了嘴。她说了那个词对吧？她摇了摇头。“不是一条龙，它们是不存在的，我也不知道那只生物是什么。我只知道它还小，而且在这里迷路了，我们得找到它才行。”

不过在泽塔转过头之前，她听到背后传来了圆石被压碎的声音。她进来得如此匆忙，甚至没有检查他们进来时洞穴口有没有怪物。这声音听起来不像骷髅的咯吱声，也不像蜘蛛的脚步声。接着，她听到了一声低吼。僵尸，一定是僵尸，但愿只有一个。在一瞬间，三位伙伴就举起了武器。他们朝着低吼传来的方向慢慢前行，当他们拐过弯之后，泽塔感觉不寒而栗……不是因为恐惧，而是因为震惊——她的小堂弟正在那儿倚着墙，揉着手臂。

“奥斯滕！你是怎么到这里的？”泽塔问道。

“跑过来的，和你们一样。”他抱怨着。

“你的胳膊怎么了？”瑞特问道。

“我在一片湖边停下来休息，”奥斯滕怯生生地说，“然后一只好像是湿透了的尸壳咬了我，不过我几剑就把它解决了。”

泽塔赶快跑过去检查着咬痕。它并不深，很快就会好，不过她还是因为堂弟让他自己置身险境这件事感到愤怒。“你不应该和我们一起的。你太年轻了，缺乏经验，不能来这些满是怪物的地方。”

奥斯滕皱起了眉，然后把手伸进背包，把一堆腐肉和几根骨头丢在泽塔面前。“我在来的路上杀死了七只尸壳和四个骷髅，并没有那么难。我不知道为什么你总是觉得我是小孩子，我都有你那么高了！”

瑞特瞪大了双眼：“泽塔，你的堂弟可太厉害了。我不知道为什么你不想让他和我们一起。”

泽塔意味深长地看了瑞特一眼，她不想让奥斯滕知道她才是自己被排除在外的原因。

瑞特笨拙地掩盖着刚才的错误，又说道：“嗯，我的意思是……我也不知道我是什么意思。别听我说的，我刚才什么都没说。”

但是为时已晚，奥斯滕用最楚楚可怜的眼神看着泽塔。

“我想让你和我们一起。”泽塔说着，想出了她自己的理由，毕竟瑞特是个废物，“但是奥斯滕，骷髅和僵尸是一回事。这只生物……我也不知道它是个什么，它现在还很小，但是如果它变成了什么危险的东西，我可不想你也在。”

“那是一条末影龙。”奥斯滕说道。

“你都还没看到它。”泽塔说着白了他一眼。

“我听到你在畜棚里的描述了。”他掏出了笔记本给泽塔。她看过这个画面，一条巨大的、眼神可怕的黑龙，确实有点像……如果那只小怪兽有五十倍大，而且脾气坏一百万倍。“有一次我翻阅关于怪物的书的时候，里德告诉过我。他还告诉了我很多关于龙的事，也许我可以帮你找到那条龙，但是我还是个孩子，你可能只想让我回到安全舒适的家里吧。”

泽塔被奥斯滕充满怨气的话语镇住了。她的堂弟一直都是那么轻松乐观，她肯定已经深深地伤害了他的自尊心。她应该道歉了。

“奥斯滕，你对了，我错了。只是当我看到你的时候，我总是想起我曾经照看过的那个小孩子。记得我们曾经一起建沙堡，还有在罐子旁边的小池塘里钓鱼吗？但是你现在准备好了，我们难道还不想让你加入我们的冒险吗？”泽塔边问，边回头向瑞特和雷恩望去。

“欢迎加入！”他们齐声说道。

“所以我们说好了？”泽塔问道，向堂弟伸出手，“你来帮我们找到这条……”她不想再说出这个词，但强行说了出来，“……这条末影龙。”

奥斯滕骄傲地站了起来，握住了泽塔的手。“这肯定会很有意思的，”他说道，“来吧，跟着我！”然后冲出了洞穴，就像他完全没受伤一样。他的眼睛四处观望着，在树林里搜索着树叶和树枝被破坏的痕迹，这代表着那条末影龙可能曾从这里经过。

他们渡过了一条满是鲑鱼的溪流，穿过了一片深色橡树林。那些橡树的树冠如此茂密，阳光只能勉强穿过树叶。森林的地面又湿又冷，天色也暗了下来，不过每次泽塔以为奥斯滕无法找到那条龙时，他总能找到一个缺了一块的树干，或是一个上面被捅了一个小龙形状的树丛。终于，泽塔听到了熟悉的呼噜声。

泽塔举起了铲子，准备引诱那只小怪兽。

“谁是个乖乖的小怪兽啊？”她喊道，“我带来了你的棍子！”

平稳的脚步声靠近了，很重的脚步声。当那条龙终于从枝叶中冒出来时，所有人都四散跑开，找起了掩护。雷恩爬上了一棵树，瑞特躲到了一块石头后面，泽塔丢下了铲子躲到了树干后面。

“你不是说这个东西都没有一头牛大吗？”瑞特说着，从石头后面探出头看了一眼。泽塔也偷看了一眼。这只怪兽已经和那些劫掠兽一样大了，而且更强壮，还长出了更大的尾巴和巨大的爪子，虽然它的眼睛还是像狗狗一样温柔。它嗅了嗅空气，能和伙伴们玩起不知道是什么的游戏让它很开心。泽塔吸了口气，她不知道这条龙是怎么成长了那么多的，但他们几个可不是在玩游戏。

# 第十章

这条龙先嗅到了雷恩的气味，它用后脚站了起来，前爪抓着树，挥舞起巨大的翅膀，想把树连根拔起。但是，它试了几次都没有成功，只是把树叶、木块和泥土吹得到处都是。

泽塔想把那条龙赶走，但恐惧让她愣在原地。龙的前爪把大树撕掉了一半，树叶像沙漏里的沙子一样落在雷恩周围，但大树依然挺立着。虽然泽塔没有见过这么大的树，但她知道它一定会倒下。

奥斯滕捡起地上的铲子，慢慢走向那条龙。当泽塔看到她的小堂弟出现在那头野兽面前时，她的心又一次提了起来。“奥斯滕 · 亚历山大·奈特，”泽塔用她父亲的语气叫道，“离开那里，否则——”

奥斯滕举起他的手喊道：“谁是整个世界最好的末影龙？”那条龙停下了动作，转过头来，露出了一个大狗狗似的笑脸。它舔了舔奥斯滕的手，看到奥斯滕没有退缩，便又在他的脸上留下了一串口水。奥斯滕挥舞了一下手里的铲子，那龙像小狗一样摇摆起了尾巴，把泥土砸得飞溅。

“真是条好龙！”奥斯滕抚摸着它的长鼻子说道。接着，他踮起脚，把铲子举得高高的，那龙的眼睛饶有兴趣地盯着它，“真棒，乖乖坐下。”奥斯滕说，接着把铲子给了龙，让它磨起了牙。

奥斯滕抚摸着它头顶上突出的灰色小角，末影龙逐渐平静了下来，后腿轻拍着地面。

“瞧，没什么好怕的！”他对泽塔说，“我们得给它起个名字。”

“我才不会给那样的东西起名字，”泽塔说道，她记得姑妈说过给兔子起名字的事。她不想和那条龙有任何关系，因为等到梅丽尔姑妈回家，它就会被送到它该去的地方。

此时，泽塔从树后走了出来，瑞特也从石头后面走了出来，但雷恩还是蹲在摇摇晃晃的树上，搭好弓随时准备射箭。

“我不明白，”泽塔说，“它怎么会长得这么快？”

奥斯滕耸了耸肩。“这很难说，但我打赌它已经蜕皮了，因为它的鳞片还是潮湿的。有关末影龙的资料留下的并不多，并且我很确定，末影人在末路之地也没有对末影龙做考察工作。”

“末路之啥？”瑞特问道。

“末路之地。一个传送门内的世界，末影人就是从那里来的。”奥斯滕拿出笔记本，翻开一页，上面用大字写着“我所知道的末路之地”，下面写着：

末影人的故乡

没有水

周围都是虚空（注意脚下！）

可能是末影龙的家

末地城？？？（里德告诉我，我去那里找到鞘翅的话，就可以飞上天空了，我真的很想飞！）

泽塔拿过笔记本，看到目录后面有张素描，奥斯滕飞在天上，背上还有一双翅膀。那双翅膀看上去很像梅丽尔姑妈之前穿着的斗篷。她砰的一声合上本子，把它塞给了奥斯滕，开始天马行空地想象起来。

笔记上对末路之地的描述非常可怕，而末影人也让泽塔大为吃惊，他们居然可以瞬移。泽塔的朋友们偶尔会在野外看见他们，他们大多孤独内向不近人，有时还会给自己找一些有趣的方块当玩具。在褐土沙丘有个传说，在很久很久之前，那时泽塔还没有出生，一个末影人带着镇上唯一的草块跑了。

“我想我看到了什么。”还蹲在树上的雷恩说，然后他指了指树林里的一小块空地。瑞特向那个地方跑去，然后掩藏在一块石头后面。过了整整一刻钟，泽塔都没听到他的声音。

“瑞特？”泽塔喊道，“你还好吧？”

“泽塔！”瑞特的声音从泽塔身后传来，她刚转过身，看见另一条末影龙在她的身后，就尖叫了起来，龙皮后面的瑞特露出脸大声笑了起来。

“捶你啊！”泽塔一拳打在了瑞特的肩膀上。

“对不起，这恶作剧让我无法拒绝，它太酷了。这就是奥斯滕说的蜕皮。”瑞特小心翼翼地把它放在地上。灰色半透明的皮很薄，虽然有些地方裂开了，但形状看上去很像泽塔当时看到的那条小龙。

“要我说的话，这东西真诡异，”泽塔用棍子戳了戳它，“这东西能变得多大？”

“嗯……”奥斯滕退后一步，看着那条龙，伸出双臂，用手指估量着这头野兽，“根据这些爪子的大小来判断，我认为它很大，非常大。它并不是那类体形娇小的龙。”

瑞特鼓起勇气站在龙前面，紧挨着奥斯滕。他试探着伸出一只手，想抚摸龙的鼻子。他虽然很想把手缩回来，但还是摸到了。看到这儿，泽塔决定也摸摸龙鼻子。然而，当她伸出手的时，那龙哼了一声，把头扭开了。

“还在为山洞的事生气吗？”她问道，“别担心，我明白了。不过我还是履行承诺，给你带来了新朋友。”

末影龙没有理会她，继续啃着铲子。

“你还不下来吗？”瑞特朝仍在树上的雷恩喊道，边说边从树干上砍下一块木头，“我觉得我们可以收集一些木材，回去之后可以卖给铁匠，给她做工具的把手。”说着他又砍下一块。

“别这样！”雷恩的声音颤抖着，“我一会儿就下来。我只是……在这里视野很好，我——”

“你害怕了，老实承认吧。”瑞特说。

“不，我才不是害怕，只是谨慎而已。在野外总得有人站岗，而且那些龙皮还是我发现的，所以……你懂得吧，我暂时就站在上面。”

泽塔笑了，雷恩明明是他们中最勇敢的，但面对这条龙时却大惊失色。

“行，那你注意观察，”她说，“瑞特，去砍其他树去。如果我们把木头带回去，大家会问我们木头的来源的，但是在这里我们可以用木头建造一个庇护所。这片空地就是个好地方，边上这些大树很适合作为掩护，而且附近还有水源和食物。另外这里离我姑妈家很近，她不在家的时候我还能去看家。”

临近傍晚，他们把一切都计划好了。他们不想把龙独自留在这里，一致同意轮流去照顾它，泽塔和奥斯滕负责第一班，瑞特和雷恩先回家。

“听着，”泽塔对奥斯滕说，“我可不打算去了解动物啥的，尤其是那些本应是虚幻的动物，我可不去，所以你为啥不去和龙玩一玩呢？”泽塔找了个能清楚看见森林动向的地方坐了下来，抱着胳膊看着奥斯滕和那条龙嬉闹。泽塔真的想回姑妈家，这条龙在那里留下了一堆烂摊子，正等着她去收拾，但她也不想留下奥斯滕一个人在这里。

奥斯滕轮流使用木铲还有夸赞驯服末影龙，教它完成一些简单的任务。二十分钟里，它学会了坐下，而且可以足足坐上四十五秒。然后奥斯滕开始教它躺下，但是每次龙要躺下的时候，都会盯向泽塔的眼睛，对她哼哼。

“呃……”奥斯滕面露出泽塔从未见过的难色，“我认为龙不够信任你，不想做出暴露弱点的姿势。你介不介意给我们多一点儿空间？”

泽塔叹了口气，如果她能和龙好好解释一下为什么她要把它关进山洞，或许她能重新赢回龙的信任。不过，她现在得为他们的庇护所收集一些木材。自打龙没那么凶后，瑞特就没兴趣砍树了。于是，泽塔去树林里找了一棵合适的树，举起拳头砸向树干。

“哎哟！”

在泽塔砍倒第二棵树之后，她的指关节痛得几乎要裂开。如果在瑞特离开前，问问他斧头该怎么制作就好了，她心想着。她讨厌和木头打交道。

他们光是能在沙漠里找到树枝就已经算是非常幸运了，更不用说一整棵树了。如果家里有这么多木材能用，盖房子就不是什么难事了。泽塔建造了一个简陋的庇护所，有两个小卧室和一个大客厅。她还合成了一个熔炉，并在里面加了一些木板，这样日落后，庇护所就不会变冷了。他们换班的时候，泽塔让雷恩去打猎，同时，把身上的食物和水都放进了箱子里。

在这间简陋的小屋里，泽塔可以悄悄看向奥斯滕，也不会惊动那条龙。奥斯滕命令巨龙“坐下”，然后走到它身后，把铲子藏在树后，最后，那条龙会把它嗅出来。泽塔有点嫉妒他们之间的关系。毕竟，是她发现了那颗蛋并意外敲碎了它，而且是她冒着沙漠和森林的危险来到姑妈家。泽塔揉了揉手臂上的肿包，那是她第一次上山时被蜜蜂蜇的。虽然很痛，但好过被龙打响鼻。

奥斯滕和龙玩了很久，看起来他需要休息一下了。泽塔回去拿上了最后一块南瓜派，当她走近的时候，她听到奥斯滕用一种可爱又高昂的声音说："米切在哪儿？米切在哪里？"

"米切？"泽塔问道，"我以为我们已经达成共识，说好不会给这条龙起名字了。"

"别误会，米切是那把铲子，"奥斯滕说，"我们给它起了名字。"

"你们？"泽塔说。

奥斯滕向巨龙眨了眨眼，只见那条龙张开鼻孔，像个走调的喇叭一样咕哝着。"这是个朋友间的笑话。哦，那是给我的派吗？"泽塔还没来得及搭话，他就抓起南瓜派囫囵塞进了嘴里。

"不客气。"她说，看着碎屑从他的外衣前面抖落下来。

"这条龙很聪明，而且愿意学习，"奥斯滕咧嘴笑着说，"我想我可以教会它任何东西！"

泽塔点点头："太好了。教会它不要搞破坏，就已经是开了个好头。我要去梅丽尔姑妈家照看动物，顺便清理一下。"现在，泽塔确信这条龙不会去伤害奥斯滕了，可她并不确定奥斯滕会不会去做骑龙之类的蠢事。

“好吧。”奥斯滕看都不看她，又给龙揉起了肚子。

泽塔叹了口气，朝山上走去。路上她小心翼翼地避开那些小溪和蜂箱以及其他十几个烦人的小麻烦，终于回到了姑妈家里。之后，她喂了鸡和兔子，并锁好了围栏。然后，她开始清理被龙弄得乱七八糟的东西，擦灰拖地，将所有东西都弄得井井有条。

屋子里被打理得焕然一新，像是一家家具店，一切都整理得妥妥帖帖，缺少一些姑妈的那种个性，她把之前所有的零零碎碎又放回到原来的地方。她发现箱子里还有一些蜘蛛网，于是她也把它们装饰在屋子里的各个角落。接着，她把窗户抹脏到几乎看不清外面，又在地板缝里抹上泥土。慢慢地，这个地方又有了一丝古怪的气氛。这就是姑妈的酿药间。

这也会是泽塔的酿药间。

只要她还想的话……

她不应该再对那种东西感兴趣了。

对吧？

她已经成功酿制出了力量药水，现在如果他们能有一些迅捷药水，路上就能少花点时间了。

泽塔看了看结构还算完整的酿造台，里面还剩一点儿烈焰粉，没有完全用完，但是也足够酿上一点儿药水。试一试总是好的。

她拿出空药水瓶，在酿造台里洗干净，然后装满了水。

她知道把它们做成喷溅药水会更有效率，但是泽塔不敢再冒险使用火药了。她把一些下界疣放到酿造台上，等到水烧开，她小心翼翼地把炉火调到最低。然后一边加糖一边仔细地观察着药水，防止它们变成焦糖，当火候差不多的时候，她放了一点儿瑞特给她的红石粉。

然后……

药水就酿制完成了。等它们冷却下来后，泽塔把它们从酿造台上取了下来，仔细检查着，药水没有烧焦或者溢漏，也没有爆炸。之后她把瓶子用木塞塞好，装了起来。在酿造台坏掉之前，她一共做出了六瓶药水。泽塔很开心，这次酿药没有爆炸，一帆风顺。把药水都装好后，泽塔朝山下走去。靠近庇护所时，她发现奥斯滕和那条龙一起睡在了营火旁。“很有爱吧？”瑞特的声音从身后传来，泽塔吓了一跳，她不知道那对双胞胎已经回来了。“超级可爱，”她说，“他们昨天训练得很辛苦。”

“我有样东西要给你。”瑞特说。

泽塔笑了，这语气不像是瑞特平时说出来的。但是从瑞特认真的表情来看，她意识到这事很重要。瑞特给了她一封信，上面的字迹非常熟悉，是她父亲写的。

“有人告诉他，你和我们一起回过镇子了。我猜是我们回去的时候没注意，让别人看到了，”瑞特耸耸肩，“之后他就给了我这个。”

泽塔在原地愣了好一会儿，她已经猜到上面写了什么，所以她不想要那封信，更不想知道上面写了什么。瑞特见泽塔没什么反应，便走到她身边，把信按在她手上。信上密密麻麻的文字让泽塔觉得心情沉重。

泽塔把信揉成一团，扔进了营火里。

瑞特瞪大了眼睛："泽塔……"

"没事，我回去后会回家的。你没把龙的事告诉他吧？"泽塔问道。

"当然没有！"

当泽塔以为可以松一口气时，瑞特继续说道：

"但是我告诉了他你姑妈的地址。"

泽塔勃然大怒。"你说什么？"她站了起来。瑞特后退了几步，他以为泽塔要对他大打出手。"他一定要从我这里问出点什么！"他结结巴巴地说，"他想知道你为什么离开了那么久，都去了哪里！"

"你应该随便编的！"泽塔说，"什么都行！你可以说我们去找土块扩大农场，或者去更大的湖泊捕鱼，或者去找些花来装饰敌对生物游行。"哪怕是瑞特把龙的事说出去，她都不会发这么大的火。

"我可不像你那样爱撒谎。"瑞特生气地说。

泽塔怒火中烧，气得浑身发抖。"你说什么？"

瑞特咕哝着，他还想说更多，但一定会让泽塔更生气。

"你们在吵什么？"奥斯滕揉了揉他的眼睛，"到换班的时间了吗？"

泽塔眨了几下眼睛，收起生气的表情，勉强挤出一丝笑容，转过头看了看她的堂弟。“是的，现在该轮到瑞特和雷恩了。对了，雷恩去哪里了？”

“他去外面放哨了，不过，我猜雷恩还是害怕和龙共处，”瑞特眼睛一转，“但我想到一个好计划，现在还不能说出来，等你明天早上回来就知道了，绝对是个惊喜。”

“太阳要落山了，我们该走了，”泽塔说，“我在姑妈家里发现了一些迅捷药水。”她喝了一口，然后递给了她的堂弟。她没有说真话，严格来说，这些药水是她自己刚酿制的。

瑞特说的话又一次印证了她擅长说谎。她巧妙地说出了真相，虽然省略了一些细节。在经过镇长那件事之后，就没人愿意使用她酿制的药水了。

不管她怎么想，瑞特说得没错。

“奥斯滕，”泽塔看到奥斯滕的嘴唇贴上瓶子，“等一下——”

她犹豫了一下，那孩子就已经大口大口喝了起来，就像久旱逢甘露。他用手背擦了擦嘴角残留的药水，然后打了一个小小的嗝。

“我还可以喝上好几杯，”奥斯滕说，“它比蜂蜜还甜！”

“一瓶就够了。”泽塔笑着说。她现在感觉很好，她确信药水一定不会出差错。然而，当奥斯滕归还药水瓶时，她察觉到奥斯滕的表情不太好。

“你还好吧？”泽塔问。

“我有点担心这条龙，”奥斯滕瞥了一眼沉睡中的野兽，“我们最好在它醒来之前离开，这样会更轻松些。”

泽塔点了点头，他猜奥斯滕是想让自己更轻松一些。奥斯滕庄严地拿着铲子，像国王传位一样，把“米切”交到了瑞特手里。

“我是个驯龙高手，”瑞特拍了拍奥斯滕的肩膀，“放一百个心吧，明早见！”

就这样，泽塔和奥斯滕踏上了回家的路。每向前跑一步，泽塔心中就多一丝信心，也许有一天她能成为一个伟大的酿药师，或者姑妈梅丽尔口中的炼金术士。

他们还没赶到镇上，太阳就快下山了。他们要赶在傍晚怪物出没之前穿过沙漠，所以他们又喝了一瓶药水。一些稀奇古怪的箭向他们射来，但是没有一支箭能够接近他们。当那座熟悉的钟楼出现在泽塔的视野中时，对敌对生物的恐惧被她即将面对父亲的恐惧所取代。

# 第十一章

泽塔把奥斯滕送回家后，就回到了位于谷仓椽子上的安全处。她的肚子饿得不行，但是她紧张得食物都难以下咽，而且她喝下的第二瓶迅捷药水里的糖分依旧使她焦躁不安。她得要等药效过了之后才能回家见她父亲，所以她就躺在了谷仓的干草堆上。

当她再次睁开眼睛的时候，阳光透过谷仓的木板缝照了进来。哦，不，她一觉睡到了早上。虽然她必须要去和瑞特、雷恩换班，但她父亲还在家里等着她，她不能就这么离开。

泽塔急忙爬起来，希望能在父亲离家上班之前赶回去。等她赶到的时候，她父亲正要关门离家。当她父亲看到她时，愣住了，一动不动地站在那里，就像一尊雕像。

“泽塔。”从父亲喊她名字的方式可以明显看出他的失望，他真的不需要再说什么了。

“对不起，我没和你说我去了哪里，”泽塔脱口而出，“但我并没有错，我只是想和梅丽尔姑妈说说话，我想从她那里学会怎么酿药。”

一听到梅丽尔姑妈的名字，父亲就变得紧张起来。当泽塔说出“酿药”时，他那张苍老的脸上的皱纹更加深了几分。

“魔法垃圾可没有什么——”

“别担心，她知道你不会同意，所以什么也没教给我。但她跟我说了很多我妈妈的事，还有凋灵的事，这些你为什么不告诉我？”泽塔问道。

父亲摇了摇头：“先把这个放在一边，我们正在讨论你的责任，现在的你既不尊重我，也不尊重镇上的其他人。你明明知道镇上不能用魔法，还把镇长搞成那个样子！”

“当时一头劫掠兽要袭击她，是我把它吓跑的。暂时顶个隐身的脑袋总比掉了脑袋好！”

“暂时？”她父亲嘟囔着，“倒不如说那个魔法持续了好几天。不管你做什么——”

泽塔一想到镇长的样子就忍不住笑了起来，她不是故意的，但是所有的紧张和焦虑在她内心涌动，必须找一个泄压点。她一想到镇长用一具隐身脑袋的躯干四处游荡了几天，就禁不住笑出了声。这一笑，刚才的紧张和焦虑就仿佛少了一些。“对不起，”她对父亲说，“对不起，我不是在笑你。我……”她深呼吸了几下，“我没事，我很好。”

她可不太好，但是她现在必须坚持。只有严肃起来，才能继续刚才的话题。

“我只是替梅丽尔姑妈照看她的房子，这并不会用到什么魔法。”她撒了一个谎。

“那里养了各种各样的动物，需要几个人才能照顾好，所以我找了瑞特和雷恩来帮忙，还有奥斯滕。”又一个谎言。

“我们干活儿的时候还要躲避野外的敌对生物。”还在说谎。

确实曾有一个满身鳞片、长着黑翼的生物袭击过他们，虽然现在那生物表现得有点可爱，但当时着实吓到他们了。

谎言来得那么容易，它们轻轻松松地就从泽塔的舌头上流了出来。泽塔告诉自己，这都是善意的谎言，她都是为了镇上的人着想。她清楚可能有更好的方式，但现在并没有这个余裕。

“我得走了，”泽塔对父亲说，“你总是告诉我要变得更负责任一点儿，我答应了梅丽尔姑妈，所以……”

父亲的表情看起来有些泄气，泽塔开始为对他撒谎感到内疚，但她又提醒自己，父亲隐瞒了她母亲的事，所以也许他们扯平了。她目光坚定地看着父亲，终于，她父亲妥协了。“好吧。但你也要承担起你在矿井里的责任，那里的值班你也得去。”

“但是——”

“没有但是。在你做出承诺前应该好好考虑一下你能不能做到。”

泽塔看着冉冉升起的太阳，它仍然低垂在天空中。她现在可以挤出一半的时间来值班，剩下的等她这个周末回来的时候再做。所以她不得不放弃几个小时的睡眠来完成她所有的职责，但是总的来说还是值得的，毕竟他们已经教会巨龙收敛自己的破坏性了。

泽塔路过堂弟家的时候，告诉堂弟她可能晚点才能回来。但她爷爷这时候看到了她，便想烤几个土豆给她吃。好吧，她不能拒绝。哦，她想拒绝掉，她曾经拒绝过爷爷的烤土豆。之后惹得爷爷很不开心，还被教育了一顿。爷爷说了很多他那个年代的事，他的父母当时没有木棍生火，只能给他吃生土豆，他甚至愿意为了烤土豆出卖灵魂。

然后奶奶就用不耐烦的眼神看着爷爷，说道：“诺亚·奈特，我告诉你多少次了，没人在乎你的土豆。”爷爷会变得生气，嘟囔着说：“总有一天，有人会在乎的。丽芙，走着瞧吧……”然后他一整天都闷闷不乐。

在家里吃饭就是会发生一些意想不到的事，所以泽塔匆匆吃了几口，希望她现在扭曲着的胃不会有意见，然后她就赶紧去了矿井。当她抵达时，正好遇上她的采矿伙伴米洛。差一点儿她就迟到了，她从父亲身边走过时，大声清了清嗓子，以确保父亲看见了她。他可能已经采掘了几组陶瓦，但泽塔只想让父亲知道她准时到了。她拿出自己的石镐，开始了一天的工作。

“你看起来心不在焉。”米洛说。他和泽塔开始采矿，他用铁镐猛地砸在一块黄色的陶土上，直到把它砸下来。米洛是镇上最好的矿工之一，他运气最好，总是能找到矿石。

在过去的几个月里，他获得了近二十条铁矿脉的优先采矿权，这意味着他发现的那些矿脉中的第一块矿石是属于他的，而其余的矿石则被拖到了镇子的金库里。就因为这个，米洛有一把漂亮的铁镐，有了它，他可以挖得更深，也更可能找到价值不菲的矿石：黄金、青金石、钻石……

“我才没有分心。”泽塔不耐烦地回答。晚上的时间过得飞快，她觉得自己根本没睡多久，睡前才与龙打完交道，她的神经还没放松下来。

“你在挖矿的时候看着点儿。”米洛说。今天的工作刚刚开始，他的头发就已经沾上陶土灰变成了亮黄色，他的脸因为用力而涨得通红，神情十分专注。他不会让泽塔打扰他今天的挖矿工作。

泽塔没有理会他，走远了十几米，继续今天的采矿工作。她不停地挥着石镐，她的脑子开始胡思乱想，离开姑妈家的时候锁门了吗？酿造台上的炉子有没有关火？动物们的状态怎么样？栅栏关好了吗？不知不觉中，泽塔做了矿工最不应该做的事——直直地往下挖。她开始往下掉，她挥舞着镐子希望能挂在岩壁上，但下落势头很猛，她把身下的石块砸出了一个窟窿。几秒之后，黑暗的矿井里充满了亮光，红色的光。

下面是熔岩。泽塔伸出她的手，紧紧抓住上面的岩石，在热浪的冲击下，她的皮肤烫出了水疱。“救命！”她朝井口大喊，希望她没有掉得太深，米洛还能听到。她的手开始出汗，开始打滑。

“来了！”米洛的声音从井口传来。泽塔希望米洛能轻松迅捷地把她救出来，但是米洛却开始喊其他人来帮忙了，她的处境很危险。泽塔害怕起来，她应该听米洛的话，她当时确实心不在焉。现在大家都知道她搞得有多砸了。

最后，米洛开始朝她那里放梯子。但是当泽塔抬头看的时候，她看到熔岩的光芒照亮了她在黑暗中错过的一块岩石，一条金矿脉。

金矿在岩浆温暖的光芒中闪烁着金色的微光。泽塔从来没有来过这么深的地方，她没有经验，也没有能够挖掘高级矿石的镐子，更重要的是，她的父亲也没有允许她用这种方式挖矿。现在她知道下场会怎样了，但是尽管她已经掉得这么深了，她还是应该可以宣称她的那个优先采矿权。

“谢了，米洛，”当米洛逐渐接近她时，她说，“我知道我做得不对，但我发现了一条金矿脉。我能借一下你的铁镐采集一下吗？”她心里的恐惧已经被发现金矿的喜悦替代了。

“别想着那些金子了，”米洛的声音颤抖着说，“我们得赶快把你弄出去。”米洛平时总是一切尽在掌握的样子，泽塔还没见过他这样。突然，她脚下冒着泡的熔岩湖往下沉了一下。现在，泽塔只想快点离开这里。当梯子搭到她这里的时候，她立刻爬了上去，直到地面。泽塔不敢相信自己迷迷糊糊中竟然往下挖了这么远。

快要到地面时，她停在了一张熟悉的面孔前。

“爸爸！”泽塔说。

“泽塔，”父亲无可奈何地叹了口气，说道，“抓紧我。”父亲向她伸出了手，她伸手牵住，这时她感觉自己显得渺小而脆弱，就像回到小时候，父亲牵着她穿过繁杂的小镇广场。“我抓紧你了。”

“谢谢。”泽塔嘟囔道。

“你让我很无奈。”她父亲说。他们刚爬出来，他就用一块红色的陶土堵住了洞口。“你心里应该非常有数，告诉我你到底怎么回事。”

“没什么，爸爸，我还活着。”

“看着我的眼睛，再说一遍。”他说。

泽塔低着头四处瞥视，就是不敢看她的父亲，她的脚颤抖着。

她父亲脸上掠过一丝失望：“泽塔，我觉得你对待这份工作不认真。我们需要每个人都全力以赴，这样我们才能及时完成城墙和瞭望塔的建设。”

“什么瞭望塔？”泽塔问道。

“如果那个时候你没有离家出走，你就会听到镇长的公告。我们要在城墙上建造四座瞭望塔，这样弓箭手就能早点发现危险。我们需要很多的陶瓦，不能再让你浪费大家的时间了。”

“这只是个小错，爸爸。是人都会犯错！”泽塔说，“我保证我不会再犯了。现在让我回去……”

泽塔的父亲从她手中抢过镐子。“你不再是矿工了，”父亲告诉她，“你走吧。”

“什么？”泽塔一惊。她想听这句话很久了，但从来没想过是现在这样的情况。她觉得有些东西被夺走了，并没有感到解脱。“你不能这么做！”

“我是这里的采矿经理，我可以做我想做的事。这里不再需要你了，回家吧。”

泽塔的嘴唇颤抖着。“好吧。”她努力忍住眼泪。她的父亲总是愤世嫉俗，但这次不一样，更像是在报私仇。

泽塔独自往镇里走去。当她回到镇上，她瞧见了那城墙还有四角正在建造的瞭望塔。她不懂为什么镇子里所有成年人还有她父亲都这么的固执己见。第一次已经失败了，为什么还要再在这堵墙上浪费时间？为什么他们甚至都不去想想难道没有更好的办法吗？还有，或许瞭望塔是个好点子，但是也可以给弓箭手的箭淬毒，或者也可以让他们在上面使用一些喷溅药水啊？

泽塔知道镇子里的成年人确实可以做好褐土沙丘的保卫工作，但是他们时间不够了，他们需要一些更加大胆的方法。没有人能知道下一次会有多少人来袭击镇子。或许泽塔搞砸了不少事情，但是她的想法并没有改变，她可以用挖陶瓦以外的方法保护镇子。

这时候她想起梅丽尔姑妈的话，她说泽塔的妈妈以前也在不少事情上犯了错，于是她开始记日记。爸爸总是把妈妈的旧物放在客厅的壁橱里，或许妈妈的日记也在里面。她赶紧赶回了家，家里让她感觉很陌生，四壁都是单调的砂岩，窗前摆着一株枯萎的灌木，泽塔甚至记不得它活着的时候长什么样了。

一个旧唱片机藏在角落里。当她照顾奥斯滕的时候，他们会放上唱片，跳上几个小时的舞，但是它已经很久没被使用了，泽塔甚至不确定它是否还能用。她看到她的家与温暖的姑妈家相比，显得多么阴暗和绝望。她和父亲之间到底是什么关系？他们是如此不同，或许，悲剧只是以不同的方式影响了他们。

泽塔打开客厅壁橱里的旧箱子，翻出了里面各种零碎——有个旧马鞍，还有一根坏掉的鱼竿，以及一些旧音乐唱片。这些旧物都在向她诉说她父亲曾经是什么样子，那时候他还没有这么自闭。她拿出一张唱片，放进了客厅的唱片机里，泽塔本以为唱片里会是一些旧时的音乐之类的，但是里面却是她父亲还有姑妈的合唱录音。偷闲，如果有一件事泽塔的父亲一定不会做的话，那就是偷闲了。尽管如此，这歌还是逗笑了泽塔，因为他们唱的都是一些关于沙漠生活的歌词——一半是抱怨，另一半是庆祝。

有了沙子，谁还需要草？
还有仙人掌在土地上生长？
沙漠中的太阳，她燃烧得如此明亮。

我们的白天很热，但夜晚很凉爽。
橡树稀少，雨水也稀少。
我永远不会离开，这有什么好处？
生活可能不按你的计划前进，但有了沙子，谁还需要草？

泽塔一边晃动着脑袋，一边继续翻箱倒柜。箱子里的东西非常多，而且没有火把，很难看到底下有些什么。于是，泽塔把箱子拉到客厅里，这样她就可以借着阳光看清里面的东西了。石质按钮、一堆易碎的煤、一些干燥的甜菜种子、一条变硬的拴绳、一堆青绿色的染料……

没有笔记本，只有一堆无用的东西。

泽塔叹了口气，边哼歌边把箱子塞回橱柜里。“当你有了沙子，谁还需要……”橱柜的木地板会随着她的踩动嘎吱作响，其实会有木头做的地板这件事已经很奇怪了，家里基本上都是沙石地板，还有几张软和温暖的地毯。泽塔注意到其中有一块木地板与其他地板不太一样，与其说是地板，更像是一扇小门，不过不管她是推还是拉，这扇门都打不开。她记得箱子里有一个按钮，于是她又翻遍柜子把它找了出来，放在了门边上。

她按了一下，门就打开了。

泽塔吓得倒退一步，她不理解为何她父亲会有一扇密门。她鼓起勇气向下看了看，下面有另一个箱子，泽塔当然要打开来看看。她翻出了她的酿造台，眼神一亮。如果她拿走酿造台，父亲发现了一定会大发雷霆，不过她可以把里面的烈焰粉拿出来到姑妈家去用。

泽塔把烈焰粉收到自己的背包里，当她放回酿造台的时候，她看到箱子里还有些什么——是一本笔记本。皮革封面上潦草地写着两个字：发明。

泽塔认出这是她母亲的笔记，这就是她想找的东西。她拿出了笔记本，慢慢翻了几页，上面用非常工整的字记录了各式各样机械装置的建造指南。里面有一些复杂的图表，边上还有一些文字描述，写着整台机器的功能，还有一些细节补充和截面绘图。里面有一些活塞门的设计，还有一个自动分类物品的存储装置，还有个黏液块弹射器……翻着翻着，她翻到一页，上面写着——凋灵毁灭者。

这台机器比她想象中的要大很多，光是说明文字就足足占上了十六页，上面写满了所需的每种材料清单。

“我的母亲可真是个天才。”泽塔低声对自己说。

突然，她听见开门的声音，她的父亲提早回来了，泽塔急忙把笔记本收进包里，然后拍下按钮关上活板门，这一下发出非常大的动静。哦，不，这下她父亲不可能没有听到。她快速地把箱子塞回原位。啊，还有唱片！她赶忙跑到唱片机边上抽出唱片，但是还未来得及将其收起，她的父亲就已经进来了。“泽塔？”他望了望打开的橱柜，又望了望她。

泽塔本想抹掉头上冒出的冷汗，但是她也不想让自己看上去更加可疑。

“嘿，爸爸，我只是稍微整理了一下，你瞧我都找到了什么？”她给父亲看了看那张唱片，希望他会开心一点儿，或者分心不再去问她在干吗。

“你从哪里找到的？”父亲呵斥道。

“在那边的那个箱子里，有点积灰了，所以……”

父亲抓起唱片，有那么一瞬间，泽塔以为他要把它掰成两半，但是他望了望手上的唱片，脸上的皱纹又深了几分。他把唱片收回到橱柜里的箱子。“别再翻这里了，”他粗声喊道，“听明白了吗？”泽塔赶忙点点头说：“今天在矿场的事情是我做得不对，我很抱歉，我应该更加小心一点儿的。”

父亲叹了口气，然后甩给泽塔一个金锭和一个铁锭。“优先采矿权。”他说。

泽塔眼神一亮。

“你发现的那个金矿脉后面还有额外八块金矿石，以及半打的铁矿石。我们有好几个月没有这么高效了。”父亲说道，脚还扭来扭去的，“但这并不代表你做的事情是对的，垂直下挖是绝对不应该的，你很可能就直接摔到熔岩里了。”

“我知道，爸爸，这事不会再发生了。”

“下周我们将开始新一轮的采矿培训，在让你独自下矿之前，你必须重新参加培训。”

“好吧。”泽塔如释重负，她简直不敢相信，她居然为又能去采矿而感到宽慰。也许是因为她手中的黄金，也许是因为她想在父亲眼中挽回自己的形象。但随后她感觉到了背包里笔记本的重量，如果她对父亲隐瞒所有重要的事，她父亲怎么可能再相信她呢？

不过，她心里知道告诉父亲龙的事会有风险。

气氛又开始沉重起来，就好像父亲在等着女儿交代一切。

她想这样做，但事关重大，她不能说。

现在还不是说真话最好的时机。

# 第十二章

泽塔喝了一瓶迅捷药水，才勉强追得上奥斯滕。他简直是个天生的短跑运动员，他上蹿下跳，跑起来则更快。泽塔光是看着他就觉得累得不行了。她想要躺个几分钟，或者是几小时。自她经历了糟糕的睡眠、来自龙的压力、挖矿时差点落入熔岩还有发现母亲的日记的震惊这一连串事件后，她已经完全不知所措了。

但是现在没有时间给她休息了。

当他们到达庇护所的时候，泽塔几近崩溃了，她甚至听不出瑞特亢奋的调侃。瑞特搭了一些好东西，他把泽塔还有奥斯滕拉到一个机械装置前。

“这是什么？”奥斯滕问。

瑞特的眉毛轻轻一挑。“你还记得那条龙是怎么一次次地让你把米切给丢出去的吧，一遍又一遍——”

“是啊，我们知道啊！”泽塔不耐烦地说，“那又怎么样？”

“是这样，我已经彻底解决这事儿了！”瑞特从箱子里掏出一把木铲，并不是米切，只是一把没有画上脸的普通木铲，“你只需要把铲子放入这里，然后……”瑞特把铲子放进一个漏斗中，四周的红石粉随即亮起。泽塔听到机器发出了一连串的咔嗒声，最后铲子从上方的发射器里射了出去，飞进了树林里。

“酷！”奥斯滕说。

“我还教会了龙怎么把铲子叼回来，然后放进漏斗里，它可喜欢这个了。然后我就坐在这儿看着那条龙不停地寻回米切，放入那个奇妙机器里，一遍又一遍，一遍又——”

泽塔咳了两声打断了瑞特，转眼给了奥斯滕一个眼神，表示你瞧，我就说一切没事的吧。

“我想这下我就能给自己空出不少时间了，”瑞特耸了耸肩，“你和你父亲怎么样了？”

“我去见过他了，”泽塔边说边掏出了她母亲的笔记本，“我还发现了一些你们会喜欢的好东西，都过来瞧瞧。”

瑞特、泽塔还有奥斯滕围坐在营火边的原木上，营火散着一缕缕青烟。雷恩慢悠悠地从小溪边走了过来，给营火上加了一些生鲑鱼，但是并没有坐下。雷恩虽然一直没有来警告他朋友那些潜在的威胁，但是泽塔心里清楚，雷恩之所以不愿意放松庇护所的警戒，是因为周围的森林里一直有一些潜在的敌对生物在行动。泽塔试着把这事抛在脑后，翻开日记中有关凋灵毁灭者的那一页。

“哇！”奥斯滕看着日记中的插图不禁说道。画面中，一只草草画出的凋灵位于机器中央，有无数药水与箭矢砸向它。

“为什么这些箭矢的箭镞上面颜色不一样？”雷恩凑过来问道。

泽塔翻开下一页，上面详细记录了所用到的箭矢细节还有魔法种类。“这些箭矢都在药水中浸泡过。”泽塔对雷恩说道。

“我甚至从没想过这也能行，”雷恩边说边拨开脸上的刘海，好好阅读着里面的内容，“想一想在百尺开外就能毒死我们的敌人！”

“没错！”泽塔说道，“我的姑妈和我说，我的母亲设计这个装置是为了击杀一个凋灵，或许瑞特可以建造一个差不多的东西去解决那些灾厄村民！”

泽塔望向瑞特，瑞特坐在原木边上，双臂抱胸。

“是的，不。这看起来太复杂了。我更像是‘整活’而不是‘引战’的那种人。”

泽塔用肘轻轻拱了一下瑞特的肩膀。“现在正是你为镇子发光发热的机会啊！你脑子可好使了，你得好好利用起来，就像是你的铲子发射器那样，你的点子刚好符合了龙的需求，这不妙吗？”

“是啊，这确实感觉不错，”瑞特咕哝着，“雷恩帮我校准了精度。我想我可以好好研究一下笔记本上的内容，也许里面有些东西比较适合我。”

“这可得庆祝一下，”雷恩说着，拿出一个西瓜，切片分发给每个人，“瞧瞧我们找到些什么？”

泽塔来回看了看这对双胞胎，脸上露出灿烂的笑容。现在他们才像是一个合格的团队嘛，共享甜美的西瓜确实是个不错的庆祝方式。“不得不说，我和奥斯滕本来很担心你们能不能把龙照看好的。但是我们错了，你们做得很棒！对吧，奥斯滕？”

“啊，对……”奥斯滕应道，刚想咬一口西瓜，忽然他望了望四周。“呃，大家，龙呢？”他问道。

“我说啦，它去追米切了，”瑞特回道，“它会一直在那玩抛接游戏，一遍又一遍，一遍又一遍……”

“这我知道，但是难道现在它不是应该已经回来了吗？”奥斯滕说道，“这装置不可能把米切丢那么远吧……”

瑞特茫然地看了眼雷恩，然后说：“我觉得我们好像有好一会儿没看到龙叼回米切了。”

刚才林间欢乐的气氛瞬间冷静下来。大家都面面相觑，泽塔的胃又抽痛起来。她把西瓜收了起来，深深地叹了口气。

“你们把龙看丢了！”泽塔指责雷恩和瑞特道。

“不不不，我们没有！它就在这附近的哪里，”瑞特说道，“来嘛，我们去找找看。”朋友们冒险进入树林，随着他们不断深入，树上的枝杈越来越密。幸运的是，龙经过的地方都有大量树木和泥土的刮擦痕迹，追踪起来一点儿都不难。他们向着山上爬去，树林越来越密，哪怕烈日高照，太阳能洒进来的阳光也在不断变少。四周的阴影意味着僵尸和骷髅开始出没，当然还有——

“苦力怕！在你右边！”雷恩退后一步，张弓搭弦，飞快地射出四支箭。那怪物只来得及闪烁几下白光，刚刚嘭起便一命呜呼了，只留下一堆火药。

“很好。”瑞特说，准备去回收火药，但是泽塔捷足先登，拿走了火药。

“我才不放心把火药交给你呢，你连一条龙宝宝都照顾不好。”泽塔说得好像她自己就很擅长似的，但是谁知道瑞特在恶作剧上有多深的潜力呢？

“走这边。”奥斯滕说，急切地想回去追踪那条龙。

泽塔拔出剑，紧跟着她的堂弟。树林里传来一阵刮擦声，有生物从灌木中走过来了，非常近，近到无法忽视。如果他们就这么放过去，或许这生物会从背后袭击他们。

“我去检查一下，马上回来。”泽塔挺身而出。

“我也去。”雷恩拉弓跟了上去。

接近后，他们分辨出有四只脚的脚步声，两人相互一望，不是很有底气。他们可以对付两只僵尸，对不对？泽塔抬起她的手，数到三，然后迅速跳出茂密的树叶，攻其不备！

对着她的是两只大大的黑色鼻孔。她一开始本以为是龙，但是当她往回退了一点儿后，她发现只不过是一头奶牛罢了。

只是一头奶牛？

泽塔打起自己的算盘。如果她把奶牛带回镇子里替代之前在袭击里死去的那头奶牛，那么大伙就不会去在意她曾经把镇长变成半个隐身人的事，或许还会忘掉她在熔岩池上的小冒险吧。她猛扑向那头愣住的奶牛，但奶牛受了惊吓，立马背身开始逃跑。

“帮我抓住它！”她对雷恩说，她并不是很擅长与动物相处。泽塔想过把奥斯滕喊过来，但她觉得喊叫只会让奶牛更受惊吓。

要是她身上带点小麦就好了，她就可以把奶牛诱回营地了。

经过短暂的追逐，泽塔和雷恩把奶牛逼到了角落里，它对他们愤怒地叫唤着。它刚才到底在森林里干什么？泽塔没有考虑过这个问题。这是她的机会。

一声尖锐的口哨划破了空气。

雷恩紧张起来。“是瑞特。”他们喃喃道，声音沉重而忧虑。泽塔细细听着，勉强能听见瑞特在叫他们的名字。

“他需要我们，”雷恩说，“现在就要。”

“但是那头奶牛！”泽塔说。

“我们可以之后回来抓它。”

泽塔叹了口气，她知道如果他们现在离开，就再也找不到那头奶牛了。她开始采集附近的树枝。“也许我可以做个栅栏，这样它就不会乱跑了——”

然后，泽塔听到了奥斯滕的尖叫声，脖子后面的汗毛都吓得竖了起来。接下来的瞬间，他们都立刻原路跑回了树林中。

他们不应该分头行动的，也不应该去追那头奶牛。比起考虑自己的事情，泽塔更应该为了团队的安全多想想。如果她的堂弟或者瑞特出了什么意外，她一定没法原谅自己。

终于，他们回到了主路上，他们顺着湿土地上的脚印不停地跑着。

“瑞特！奥斯滕！”雷恩向茂密的树林里喊道，但是没有回应。

终于，他们在小路边找到了奥斯滕和瑞特，他们双臂低垂，慢慢走着。上面的树冠把太阳遮挡得严严实实，四周像星星一样不停地闪烁着紫色的光芒，非常奇怪。更加奇怪的是，他们两人一直死死盯着地面。当泽塔的眼睛熟悉暗处后，她意识到了他们这么做的原因。

是末影人，到处都是。至少二十多个高瘦的黑色末影人在四周漫无目的地传送徘徊。有些末影人用长长的胳膊抓着一个草方块。有些末影人差点和泽塔对上视线，还好她快速地避开了，但不幸刚好又对上了一个一米远的末影人的视线。

他立马张大了嘴，下巴像是愤怒的南瓜灯鬼脸一样撕裂开，发出了最刺耳的尖叫声。然后他扑向泽塔，扯她的胳膊。强烈的攻击就好似蜜蜂蜇了一下，让泽塔全身一震。

泽塔脑袋空了半秒，用剑砍向末影人，这时末影人早已瞬移到泽塔右边，刺耳的尖叫声穿透着她的右耳膜。趁其不备，末影人一胳膊打中了泽塔的头。

“快跑！”奥斯滕喊道，“一直往前跑。我能听到龙在前面。”

泽塔本想往前冲，始料不及末影人抽了她嘴一下，她下巴痛到说不出话，所以她直接跑了。她全身只有一双兔皮靴子的保护，如果她再挨一下末影人的攻击，就差不多没命了。

树木开始变得稀疏起来，泽塔远远望见空地之上有什么又大又黑的东西，那想必就是龙了。不过，它看上去和平时的状态不太一样，它的呼吸非常缓慢，好像非常痛苦。泽塔曾经强调过不要投入太多感情在这头野兽身上，不过现在她也忍不住想去安慰一下它。

但是当朋友们接近龙时，末影人不知从哪里突然出现，挡住了他们的去路。末影人的行为非常奇怪。突然，他们开始尖叫，就像噩梦中的合唱。朋友们盖住耳朵然后转身飞奔回营地。

瞬移怪物足足追了他们好几分钟，没有人敢回头。

# 第十三章

大家伙儿不停地向前逃跑，直到他们都躲进树林那边的小木屋里。

“你们在干什么？”泽塔开始责备她的堂弟，“和末影人斗智斗勇吗？万一要是……”她顿住了，不敢继续想象下去了。

“你没来的时候我们明明已经控制得很好了。”瑞特顶嘴回去。

奥斯滕也说：“我们不能就这么把龙丢在那边，我们得回去。”

泽塔摇了摇头表示反对。“我们没必要回去，龙的状况看上去不错，它有那么多末影人扈从，能出什么问题？我感觉那些末影人好像在保护它，这是怎么回事？”

“我们不应该分头行动的，”雷恩回道，“我们应该去照应瑞特和奥斯滕，而你却让我们去追奶牛。”

“是吗？如果你箭法更好一点儿，我们镇子里的奶牛本就不会被灾厄村民给干掉！”泽塔生气地叫嚷。

瑞特这时候看不下去了：“就是把你从灾厄村民斧下救回来的那种箭法？奇怪，当时你可没抱怨过这箭法。”

“你没必要这样对我施压，”雷恩也说，“我们一直在忙着加强镇子的防御工事，我们也在帮忙重建镇子。我们才是真正在为镇子的安全干实事的人。”

“是的，”瑞特也表示同意，“我们不干了！”

瑞特和雷恩两人气到直接开始收拾庇护所里的行李。泽塔的泪水在眼眶中打转，她心里五味杂陈，她又气又后悔，但是这时候她也清楚说什么都无济于事了。褐土沙丘若是想要得救的话，大家伙儿就得团结到一起，而不是像现在这样互相攻讦。她知道他们是潜力无穷的，泽塔自己开始对酿药这门技术逐渐上道了，而瑞特擅长组建红石装置，雷恩则专精于给武器上附魔。

正如泽塔对褐土沙丘的爱一样，她也清楚褐土沙丘必须跟着时代一起进步，他们周围的世界正在改变，而泽塔与她的朋友们也会随之改变。他们必须像旧时她母亲与姑妈那般赢回大家的信任与支持，只是现在，留给他们的时间不多了。

“请等一下！”泽塔阻拦道，“抱歉，我不想那么说的，我只是一时冲动，我们刚才都有些上火了，我们都只是想要保护镇子罢了。如果……我是说我们从一些小装置着手呢？”她掏出自己母亲的笔记本，翻了几页，“凋灵毁灭者对我们来说或许太大了，我们可以做些比如这些小的箭弩机关，或者像这样的 TNT 大炮。”

瑞特收拾行李的手停了下来，回头问向泽塔：“TNT 大炮？”

瑞特抢过泽塔手上的笔记本自行阅读着，瞪大了双眼。“要用不少 TNT 啊，”他咕哝着，又翻了一页，“这看上去挺复杂的，但是确实可行。”

“你能做一个出来吗？”泽塔为轻轻松松挽回朋友而感到庆幸，或许他们的友谊也没有那么脆弱嘛。

瑞特慢慢点了两下头：“我去收集点材料，在树林里做做实验。”

“说得对啊。此外，我觉得这些箭弩机关也可以给我们打打照应，”雷恩也抱着期望补了两嘴，“附近的怪物还蛮多的，我们需要去做一些新防御。”

“啊，对，对……”瑞特嚼着几个字眼，在自己的本子上潦草地勾画着，陷入沉思。

没一会儿，他们两人就回镇子睡觉了。泽塔和奥斯滕坐在屋内大眼瞪小眼。

“龙会好好的。”泽塔说。

“你又怎么知道？”奥斯滕带着愤怒与不满的声音说道。

他们瞪着对方。然后，泽塔两眼一闭，睡了过去。当她睁开眼的时候，已经艳阳高照了，这个点哪怕她再喝掉最后那瓶迅捷药水，也赶不回去上工了。

忽然，他们的小屋外传来一阵奇怪的喘气声，奥斯滕被这个声音吵醒了，突然坐直起来。

“是龙！它回来了！”奥斯滕尖叫着从床上跳起冲出前门。泽塔跌跌撞撞地跟了上去，她还困着揉眼睛呢，突然撞上了奥斯滕。

“你干吗突然停下来啊——”她仰头看到他们面前的大龙脸，吓得顿住了。旧日那可爱温润的小狗眼神已然不在，在沉重的眉毛下，取而代之的是一种威严满满的凝视。

“它又蜕了一次皮。”奥斯滕慢慢向前挪去，朝龙伸出了他的手。

“奥斯滕，你要是再敢往前走一步……”泽塔试着阻拦，但是已经来不及了，堂弟的手已经在拍揉龙鼻子了。龙的尾巴拍打着地面，动静巨大，以至于瑞特的铲子发射器上的那个发射器被震了下来，里面的铲子掉了一地。这让龙吓了一跳，它拍打着巨大的翅膀，空气急速地从泽塔的脸上掠过，她被吹得闭紧双眼。当她再次睁开眼睛的时候，这条龙已经升空了。

“好酷啊！”奥斯滕望着天上喃喃说道，“我要是求它的话，它会不会——”

“你可不能骑它啊，奥斯滕，答应我，我可不开玩笑，你不能去冒那种风险。”

“从统计数据来看，坐在末影龙身上出行可是最安全的，这样出去谁会去惹你？”

泽塔不想这么说，但是她确实反驳不了这点。她摇了摇头说道：“那么末影人该怎么办呢？爷爷奶奶要是知道我让你去骑龙的话，他们可饶不了我。”

“那你……会准我去骑吗？”奥斯滕问道。与此同时，龙滑过树梢，轻轻地降落在奥斯滕前面，鼓起胸膛，相当自豪。

他们没有办法一直把龙藏在这里，边上有那么多的末影人出没。泽塔已经想着怎么把龙带到离家更近的地方，如果能够骑着龙移动的话就没什么难度了。她长叹一口气：“好吧，你可以骑上去，但是你得非常注意安全，不要要特技动作，还得保证要双手抓牢。”

“太棒了，”奥斯滕高兴得上蹿下跳，“我来和龙耍一耍，我本来就在农场里骑过猪，骑龙又能有啥不同呢？”

“没错。”泽塔试着装成比较乐观的样子让堂弟也有信心一点儿，但是事实上她被吓傻了。足足三吨分量的野兽挥着翅膀穿行于天空怎么可能和猪圈里追着钓鱼竿上的胡萝卜的饿猪相提并论呢？要是奥斯滕摔下来的话……

奥斯滕并不会摔下去，因为他和巨龙互相信任。或许几十分钟后，他们俩就会一同穿游于云层之上，而泽塔也会把自己的担心抛之脑后。不过现在，泽塔紧盯着奥斯滕慢慢爬上巨龙的背部。

“好的，来嘛，起飞！我们一起上天！”奥斯滕呼唤着，但龙开始用爪子刨土。

“别害羞嘛！”奥斯滕说，声音里带着鼓励的轻快。

“你做得到的。”龙听声吐了一口气。

“驾！”奥斯滕挠了挠头，“是这么喊你起飞的吗？还是说这套只能用在马上？”

“双手抓紧。”泽塔大声喊道。

奥斯滕和巨龙都回头看向她，龙眯起那双紫色龙眼，神色里蹦出愤怒。要是视线能够杀人的话……

泽塔干咽了一口口水。或许他俩自己就可以玩得很好，反正她也要去梅丽尔姑妈家照看动物。泽塔溜到小屋前，把饲料全部都喂进圈里，又把屋子里的东西整理了一遍，避开幽灵门廊和闹鬼的灵魂沙。当她搞完一切的时候，她把门都好好锁上，检查两遍后下山去看她堂弟怎样了。

她还没走几步，就听到天上传来好似抖被子的声音。她抬头望去，看见头顶上奥斯滕坐在龙脖子上，双手高举欢呼着，这辈子泽塔都没见过他这么开心。

泽塔下定决心要好好教训一下她的堂弟什么叫安全，但是她还没来得及说些什么，龙便俯冲过来。泽塔赶忙低头闪过龙锋利的爪子，而龙优雅地降落在她的背后。

“快上来，泽塔！”奥斯滕招呼着，“飞回去比用脚走得快多了，也不需要躲避树枝或者坑之类的，天空中啥都没有，你怕什么啊！”

还有重力呢！泽塔怕摔下去，但是她没有大声说出来。

“行吧。”她走上前，龙眯着眼怀疑地打量着她。她刚想爬上去，龙就连着打响鼻驱赶，一阵又一阵。“得了吧，你还在记我仇吗？”

泽塔又试了一次，龙把她撞开了。

“哦，龙，这样不好。”奥斯滕拍着龙长长的脖子安抚道。龙回头望向他，“她已经很抱歉了。泽塔，你不来道个歉吗？”

“真对不起！”泽塔嘟囔道，说这句话也是在后悔她离家出走后的每个决定。

“你瞧见了吧，龙？”奥斯滕请求道，“让她上来吧。”

巨龙又发起火来，坚决不让泽塔乘上去。泽塔可不打算让斤斤计较的龙继续碍事。它那小小的蜥蜴脑袋可没她的好使。泽塔背包里有着从自己酿造台里倒出来的烈焰粉，她打算再去做点药水。“我马上回来。”她说着跑回了姑妈的酿药间，开始酿制隐身药水。

不过她在整理背包里的原料的时候，忽然意识到她还可以做一些治疗药水。她掏出瑞特给她的西瓜片还有自己优先采矿权所获得的金子，合成了一片闪烁的西瓜片。

泽塔仔细检查了自己操作的每个步骤，很快就酿好了两瓶药水。她喝下了隐身药水。差不多没几秒钟，魔法效果就蔓延到她的全身，首先是她的手指消失得无影无踪，然后是她的手掌，胳膊，肩膀，直到身体和腿。她现在只能看见身上散落的魔法粒子……

哎呀，还有她的靴子。她其实并不是很想脱掉她唯一的护甲，但是留着靴子一定会吓到龙，所以她把靴子也收进了背包里。

现在，除了一些微弱的颗粒，她已完全无影无踪，除非你知道她在哪里，否则你肯定不会注意到她。满意，又有点自豪的泽塔把剩下的药水收进背包，然后溜到奥斯滕边上，小声招呼道："我准备好了。"

"你在哪儿？"奥斯滕环顾四周问道。

"我酿出了隐身药水，我……全身都隐身了吗？"

"我看不到你，无论哪个部分，干得漂亮！"

泽塔被夸得兴奋不已。这次，奥斯滕不停拍着巨龙，然后泽塔顺着拍打的方式爬上了龙背。龙感觉有哪里不对劲，但是并没有阻止她爬上来。这样能行！

然后她就只需要抓紧巨龙。巨龙双翼再次扇动起来，圈里的动物都吓得缩在角落里哀号，但很快他们三个便消失在天边，梅丽尔姑妈的小屋在视野里越变越小。没一会儿，他们就回到了树林的庇护小屋。

"没比烤南瓜派难到哪里去嘛。"奥斯滕说道。龙开始打起了呼噜，扑通一下倒在地上向着奥斯滕撒娇。奥斯滕只得爬到龙肚上帮它揉揉肚子。泽塔知道他们两个是在玩耍，但是泽塔一看到巨龙那巨大的爪子将奥斯滕拍在地上时，她还是有些不安。龙确实很温顺，但是它的爪子未免也太锋利了。

"瑞特和雷恩应该很快就会回来，"泽塔说道，"或许我们得先把龙安抚好。"

"再等一会儿，"奥斯滕说着，把包里的米切抽了出来，向着巨龙挥了挥，"我们再来玩一次拔河吧。"奥斯滕拿着铲子的把手，让它的一端冲着巨龙。龙的深渊巨口轻轻地含住了它，但是当龙的尖牙在奥斯滕手指周围晃悠的时候，泽塔又忍不住担心起来。

“龙现在再玩米切或许不太合适了吧？现在米切对它来说就像是牙签一样，肯定会玩坏的吧，我可不想那时候还在它边上遭这个殃。”龙对米切的喜爱过甚了。

“没事的。”奥斯滕的声音里带着一丝泽塔从未见过的自大。

泽塔心想，他骑过一次龙，就感觉自己好像真的算什么大人物了。

“你别担心，”奥斯滕继续说道，“此外，有个经过证实的事实，动物往往会嬉闹得比较粗暴，这样是它们训练狩猎技巧的好方式。豹猫和狐狸都会这么做，龙为什么会例外呢？”

泽塔摇摇头，问道：“什么技巧？”

“狩猎技巧，它可是条龙，迟早有一天，它得完全依靠自己生存，这是它赖以生存的方式。”

泽塔点头表示理解，奥斯滕可以教会龙如何保护自己，那他能不能教会龙保卫镇子呢？她突然意识到，她总结大家能力的时候，好像总是忽略了某人。奥斯滕很擅长跟动物对话，他完全可以教会龙各种事情。

“嘿，奥斯滕，”泽塔用双份糖的甜度的声音和他说道，“与其训练它温顺一点儿……你能不能让它再狂暴一点儿？”

泽塔看着奥斯滕和龙互相扯米切，简直不敢相信这是她自己能说出的话，更不用说还要再进一步了。

“你说啥？”奥斯滕边问边拉了一把龙嘴里含的满是唾液的铲子。

“没啥。”泽塔快速否认，这点子很糟，相当糟糕。龙可不适合用来对付灾厄村民。

那不是一只宠物，那只是她犯的一个错误。

一个非常非常严重的错误。

# 第十四章

泽塔很难控制自己不去想如何用龙去对抗灾厄村民，在昨天晚上的挖矿培训课上，她一直在想这个。她想了一晚上，哪怕现在在翻山越岭也没法不去想它，以至于她一头撞上了仙人掌。现在她得带着一脸刺迎来全新的一天了，不过好在因为这个她已经完全清醒了过来。当她和奥斯滕赶到森林里的庇护所的时候，脸上的刺差不多也都掉了。

或许把龙作为护城武器来说还挺合适的，毕竟龙又高又大，令人畏惧。或许灾厄村民远远望见它便会望风而逃吧。泽塔打算趁着两兄弟换班离开前和大家讨论一下这个，但是她还没来得及提出来，便被瑞特推到一个他偷偷搭建的新装置前面。“你们可算来了，今天怎么来得这么晚？”“泽塔睡过头了。”奥斯滕调侃道。

泽塔瞪了她堂弟一眼，奥斯滕咧嘴一笑，就去和龙耍斗了。

“抱歉啦，”泽塔嘟囔着和瑞特说道，“经常这么来来回回赶路我实在是受不了了，但是我想到了一个好点子——”

“哦，你确实很累，”瑞特打断道，“你不如来这里坐坐好好休息吧。”他指了指新装置上面一个由黏液块、活塞还有一个泽塔不认识的方块拼出来的小座位。这个新方块通体发黑，有一面刻着灰色的脸，背部闪烁着红色的光。泽塔哪怕再精疲力竭、昏昏欲睡也能看出不对劲来。

“想都别想。”她边说边打量着这个奇妙的装置，“这东西能干吗？把我弹到山上吗？”

“差不多吧，”瑞特叹了口气，“有这么明显吗？”

“你刚才那样子就像是饿狼盯骨头似的，”泽塔说道，“这东西是怎么运转的？”

“我从你妈妈的笔记本上翻出来的，这是一座电梯，你瞧，当活塞和侦测器……”瑞特热情地和泽塔讲解装置的技术细节的时候，泽塔思绪漫游天外。难道瑞特被她拉着讲药水的事情时，也是她现在这个状态吗？

她回头瞥了奥斯滕一眼，奥斯滕正在龙鼻前用米切逗着巨龙。龙咬了一口，奥斯滕及时拉开，龙咬了个空。尖利白牙发出的刺耳磨牙声磨得泽塔脊背发凉。奥斯滕持续地挑逗着巨龙，不停遛着它转圈。一开始还其乐融融的，过了会儿龙渐渐开始气急败坏了。

“好了，够了，”泽塔说，“乖一点儿。”

奥斯滕咧嘴一笑：“好吧，小龙。快准备！快准备！去捡回来！”奥斯滕假装一把将铲子丢进树林，巨龙随之扑入，四处嗅来嗅去。

泽塔想起以前她也干过差不多的事情，摇了摇头。“你可别把它给惹急了。”泽塔警告道，但是龙已经冲到了奥斯滕那边。

游戏时间结束了，巨龙现在非常生气。

“快把米切丢掉！”泽塔高喊道，但是奥斯滕还来不及反应，巨龙便已经落在他面前，鼻孔喷出热气。

“对不起，小龙，我——”

龙又喷出一口热气，但是这次情况不同，它这次喷出的还有一团紫色云雾。云雾贴着地面流淌，好似游动一般缠上了奥斯滕。奥斯滕本想逃跑，但早已无路可跑。云雾埋住了他，泽塔从未听过这般惨烈的凄叫声——他非常痛苦。

惨叫也一下子熄灭了龙的怒火，那双杀意满满的眼睛又变回以前好似小狗一般的纯真。它嗅了嗅毒云，自己也非常迷惑，也不知道是怎么弄出来的。龙又喷了口气，把毒云全部都给吹散了，看着翻倒在地痛苦挣扎扭动的奥斯滕呜咽着无能为力。泽塔赶忙跑过去试着呼唤奥斯滕，但是没有什么用。

“发生什么事了？”雷恩赶紧跑过来问道。而瑞特很快从附近的小溪打来一桶水。

“我觉得是因为那条龙吐出了这些毒——”她忽然想起自己包里还有刚酿好的治疗药水，于是赶紧取了出来送到奥斯滕的嘴边。液体流过奥斯滕的喉咙，闻上去甜丝丝的，有点像是药用糖浆。奥斯滕一开始呛了几口，泽塔本以为他喝不下去，不过幸好药水被顺利地送了下去。

喝下药水后，奥斯滕平静了下来，瑞特用布蘸了点水轻轻擦了擦他的前额，很快，他的神色就恢复了正常。

“我们必须和大伙交代这事了，”雷恩说道，“这事情已经超出我们的能力范围了。”

“我同意。”泽塔说道。尽管现在坦白，可能会惹上大麻烦，但是奥斯滕差点被龙杀掉。哪怕龙现在乖乖听话，她也不敢再去冒险了。

“这不是龙的错，”奥斯滕辩解道，“是我不该去逗它的，拜托了，再给龙一次机会吧？”

泽塔紧咬着嘴唇，她刚才还在想怎么用龙去保护镇子。但是如果龙在战场上也这样，大家更可能会腹背受敌。

“龙似乎也很内疚。”瑞特也一如既往地说着废话。

“好好想想吧，再过一周，我们就能把龙训练得乖乖听话了，求求你了？”奥斯滕满眼恳求，委屈地噘着嘴。

泽塔狠心背过身，看着这张脸她无法拒绝。“这太冒险了，”她横下心来，“奥斯滕，你先去边上自己玩一会儿，当然离龙远一点儿，我们三个要开个会。”

奥斯滕闷闷不乐地坐到营火旁，掏出他的笔记本。

“好吧，现在我们该怎么办？”泽塔说。

“我们必须和镇长说清楚。”雷恩说。

“那这头三吨重的野兽于她又什么用呢？”瑞特问道，“我觉得我们应该稍微给龙一个机会……你想啊，那种毒云……

若是能够在灾厄村民来袭时使用，想必……”

泽塔摇头表示拒绝。“龙可做不了武器！”她几乎是喊出来的，理直气壮到好似她自己没这么想过一样。不过当她看到奥斯滕生命垂危那一刻就完全放弃了这个想法。“我们拿到了我母亲的笔记本，还有自己的才智，我们能够靠自己解决问题。我很抱歉，瑞特，龙必须——”

“啊！”奥斯滕的尖叫声又传了过来，泽塔赶忙跑了过去，害怕他又被龙给吐了毒云。不过这次奥斯滕是被瑞特的新装置给困住了。“救命啊，我被卡住了。”

但还没等瑞特救他下来，奥斯滕便不慎踢到了机器上的拉杆。这个奇妙的装置开始运作，咔嗒一声，便往天上挪动。奥斯滕也被拽着往上，他设法踩到一个方块，把自己拉了出来，但是现在机器已经爬得很高了，摔下来的话怕是凶多吉少了。

“水！”瑞特边喊边把水桶里的水倾倒在地上，“这可以防止摔落伤害。”

泽塔低头看着这个小到几乎看不见的水坑，满脸怀疑。“这也是你恶作剧的一部分吗？也太危险了吧，瑞特，你在想什么？”她本不想对自己的朋友这么大声，但是现在生死攸关。

“跳吧！”瑞特朝奥斯滕喊道，“很安全的。”

“我好怕！”奥斯滕说，他的声音听着越来越缥缈。

泽塔回头去找那条龙，那条龙把头藏在了灌木丛里，留了大半个身子在外面。“小龙！”她突然喊道，龙伸出头看着她。

“你得载着我飞上去，我要去救奥斯滕，现在可不容得你说不。”龙好似听懂了她的话，让她爬上了自己的背。龙的双翼有力地挥动，身躯在气流中剧烈地颤动着，整个世界忽然往下坠落。她在飞。她紧紧地抓住龙背，直冲云霄。

没一会儿，奥斯滕的叫声又能听到了，她看到奥斯滕正紧紧抓住那个黏液块装搭出来的精巧机器。龙俯冲加速，又重新拉起，保持着和奥斯滕上升一样的速度。它稍微控制了一下速度，直到奥斯滕呜的一声跳到龙背上。

哪怕现在已经脱离险情了，这个可怜的孩子还是一脸恐慌。他没走几步便晕了过去。巨龙把两人安然无恙地送回了地面。瑞特一脸惊奇，雷恩则前所未有小心翼翼地靠近了巨龙。

“你做得很好！”雷恩拍着龙的鼻子。

就在刚才，龙失去了所有人的信任，但就凭这个勇敢的行为，大家原谅了它。但是大家心中也都对龙的力量与危险有了一定的认识。

# 第十五章

“那就这么说定了，”泽塔确认道，“我们再给龙一个机会。如果这段时间里它再闯哪怕一次祸，它就得永远消失，明白了吗？”

奥斯滕高兴地跑到龙耳朵边上叽叽喳喳：“小龙，你听见了吗？我们可以住在一起了！”龙竖起耳朵，侧耳倾听，好像在试着听清奥斯滕的话。然后它伸出小而湿的毯子一般的舌头，舔了一下奥斯滕的脸，弄得他满脸口水。奥斯滕透过唾液露出笑脸，“我们还得教会你别再这么做了。”

泽塔很开心，打心底她对他们这个小团队还能保持原样运转感到开心。“不过我还得强调一下，我觉得我们得把龙转移到离小镇更近的地方。总是这么来回赶路的话我们迟早会累趴下。”

大家都对此表示赞同。泽塔还要时不时回去帮她的姑妈看家，但是她可以给那些动物们准备上足够好几天的食物与水。把它们照料好后，泽塔才有空闲去研究怎么制作药水箭。

双胞胎把瑞特的机器回收完成，然后赶回了小镇。说来有趣，他们宁愿跑回去也不愿意骑着龙回去。他们熄灭了营火，把他们的工作台和熔炉都收了起来，最后把小木屋彻底拆除掉。

泽塔打算拿一些回收来的木头用来做箭矢。她征求了两兄弟的同意，不然在沙漠里想要收集足够的木棍可要足足花上几个月的时间。不出一个小时，他们的空地便已被清理得干干净净，与原来别无二样。

巨龙这次并没有抗拒泽塔骑上它。他们再次起飞，不出一会儿，山便已经远成了地平线上的一处凸起。他们身下的沙漠美景令人心旷神怡。奥斯滕在巨龙背上忽左忽右轻轻侧着身体，巨龙也跟着向左向右调整方向。他们两个真的配合默契，奥斯滕向前倾，巨龙也跟着向前。小镇距离这里还很远，没有人会发现天上的庞然大物。不过哪怕距离不远，如果是徒步，不靠药水的话，也得花上不少时间。

奥斯滕引导大家到一个大山的山洞边上，这个地方非常适合把龙藏起来。当龙爪轻轻落地的那一刻，泽塔浑身都放松了下来，不论是身体还是精神。泽塔瘫在石头上休息，而奥斯滕和巨龙跑到一边开始玩起捉迷藏。奥斯滕时而躲在仙人掌后面，时而翻过土丘，时而躲在洞里，但是这都逃不过巨龙灵敏的嗅觉。一派和谐。他们嬉闹的场景仿佛一个多小时前的生死意外不存在一般。

泽塔叹了口气，那是一次意外，一辈子都遇不到几次的意外。

她在一个趁手的位置放下了工作台，把搭建木屋的原木全部合成为木板，然后又把木板都削成了用来做箭的木棍。她们总共需要多少箭呢？几百支？数千支？

“你做什么呢？”奥斯滕小跑着过来，背后还跟着一条巨龙。龙对这些木棍很感兴趣。木棍越堆越多，泽塔的双手已经累得发麻。

“做箭呢。”

“好酷啊，爷爷奶奶会为敌对生物游行展做一大堆鸡肉料理，我到时候给你留一大堆羽毛。”他把手伸进包里，“我这现在就有一些，你先拿去用。”

“真的吗？”泽塔说道，“那太好了。”她脸上挂着笑容，对镇上的人们仍然对生活充满希望这点感到开心，尽管在上次的袭击之后他们有好一段日子过得非常困难。“今年你再去戴面具的话，是不是就显得太大了点？”

“对，或许吧，但是瑞特和雷恩说我可以帮他们做彩车！”

泽塔会心一笑。有一年她去帮瑞特和雷恩一家做彩车，然后再也不打算去了。他们的父母太热衷于这个了，每个细节都必须做到完美。那年他们做的彩车是洞穴蜘蛛，眼睛里一旦安上红石火把，整体便灵动起来。他们拿了一个令人生畏栩栩如生的标本作为参考，按比例放大。这样彩车就得五个人来操作，一个人负责操作一双腿部，最后一个负责操作头部移动视线以及嘴部的张合。在那一年他们拿了第二名，泽塔不得不在整整半年里都要忍受他们的抱怨。他们总是抱怨他们本应获得的奖杯还有附带的吹牛资格是如何被夺走的。

“呼，是啊，祝你好运，”泽塔咕哝着，“不过，我们还得要一些燧石，我想这个只能靠我自己去收集一些了吧？不如你先回去吧，今天我得晚点回去了。”

奥斯滕最后又摸了摸巨龙的鼻子，一个人先回去了。

泽塔还有不少事要忙，她拿起石镐开始探索洞穴。她从洞穴里的沙砾中采集到了一些燧石。事情逐渐变得顺利起来。在合成了一些箭后，她从包里拿出了一瓶治疗药水。

那些药水箭是怎么做出来的呢？泽塔试着把箭头浸入药水，但是什么都没有发生。她在工作台上试了很久配方，但是都没有给箭附上魔法。

“我觉得应该是缺少了什么原料。”她向身边蜷着的龙抱怨道。

龙瞪了她一眼，打了个响鼻，带出几丝毒云。虽然这点量并不足以伤害到她，但是也足够让她绷紧神经。“停，我们和你说过——憋好你的龙息！”

忽然泽塔灵光一闪。姑妈不是说过什么龙息和药水的事情吗？她三步并两步跑到那朵紫云边上，小心翼翼地拿出空瓶收集了一些。她打算拿这些龙息做些实验，不过差不多要到她回家的时间了，她得小睡一会儿才能恢复精力去上“菜鸟”才上的采矿培训课。

即使困得不行，泽塔也在努力听着米洛给那些还不会使用镐子的人上课，讲的东西都很基础，但是她还是学到了点东西。然后他们去练习采矿的时候，泽塔又发现了两簇铁矿脉。她凭着优先采矿权又获取了两块铁矿石，所以现在她手上的材料足够合成一把铁镐了。米洛对此也赞叹不已。

下课后，泽塔非常想倒在床上闷头睡过去。不过她还得去制作那些箭矢，她赶到家，偷偷地把酿造台拿了出来，里面还剩了一点点烈焰粉。在经历了几次失败后，她成功地酿制出了一种滞留药水。她把酿造台放回父亲隐藏的位置，希望他并不会发现。然后她跑去和朋友们分享这个好消息。

很快她就赶到镇子边上的那个山洞，瑞特正在按照泽塔母亲的笔记说明搭建一个射箭装置。雷恩则正在训练末影龙俯冲用鼻子撞击盔甲架。命中率非常高，泽塔有点爱上这种翅膀拍打的声音了。雷恩亲切地拍了拍龙的鼻子，然后收集了盔甲架的碎片，重新组装起来，然后再来一遍。

“呃，你该不会是在教龙战斗吧？我们应该已经达成共识了吧？”她问雷恩。

“我知道，我知道。”雷恩说。龙轻轻拱了拱他，想要再玩一轮。雷恩用屁股顶了一下龙，龙舔了舔他的脸作为回礼。“但你瞧瞧这龙撞得是有多准，你看看它杀敌的效率有多高。若是不用的话，太可惜了。”

泽塔心里犯着嘀咕，但是她也不得不承认，雷恩和龙确实配合得不错。

“我做了几支箭。”泽塔说着，把一打收拾整齐的箭交给了瑞特。

“太棒了，”瑞特心怀鬼胎地说，“奥斯滕在哪里？”

“在和我们爷爷奶奶处理那些庆典相关的东西，你需要什么吗？”她问道。

“其实，我需要有个人配合我按下这个按钮就好了。”瑞特走到机器另一边检查内部的红石元件。

“好……快按！”

泽塔按下按钮，她看着地面上那些昏暗的红石粉亮了起来，连接着各种不同的元件。

瑞特指着一处停止发光的地方喊道：“啊哈！多谢了，终于找到哪里出了问题。”他又改了改电路，然后把箭装进了挂在顶上的箱子里。

“准备好测试了吗？”泽塔应声点了点头。

“嘿，雷恩，我们是不是要按你说的那样把这堆靶子排起来？”瑞特绕着全自动弩箭机关检查了一遍。

雷恩把装甲架移到离装置十米远的地方，然后迅速跑开了。

“三，二，一。”瑞特按下按钮，但是只亮起了一盏小小的红石灯，然后便是一片寂静。

“呃——”泽塔刚想开口。

“再等一下！”瑞特比了个安静的手势。然后机器射出一阵阵箭雨，嗖嗖嗖直奔目标而去。箭雨只有几秒钟，但是在烟尘散去后，每个盔甲架都插满了箭矢。就算是灾厄村民，想必也无法在这样的攻势下存活。

“太妙了！”泽塔高兴得跳了起来。

“再给我十倍数量的箭的话，我们甚至都不需要让龙来保护镇子了。”

“我们不会派龙去保护镇子的。”泽塔重复道，但她的声音开始听起来像一个破碎的音乐唱片。

“药水箭研究得怎么样了？”雷恩问道。

“我几乎快研究好了，或许今天就可以完成。”

雷恩点点头，试着看穿她内心的想法。“只要如你所说把药水箭带给我们，后面的事——”

“我很快就能搞好，成吗？”

“总之，你和瑞特还是赶紧回去吧，你们的父母应该已经在忙着准备游行的事情或者其他事情？”

“你自己搞得定这条龙吗？”雷恩问道，“我可以留下来，只要……”

“没事，我可以的。”在和其他九个连镐子都用不顺畅的人挖完矿后，她总算能够获得一点点独处的时间了。她的头还差点撞了一下。

泽塔把铲子发射器装载好，看着龙叼着米切不断用机器逗着自己。它把米切装进机器只为了一次又一次把它叼回来。一次又一次，一次又一次。

这奇妙的机器运转起来的声音有一种令人放松的节奏，

泽塔不经意间就被哄睡着了。

当她醒来的时候，她首先就注意到机器停止运作了，而且龙也不见了。

# 第十六章

泽塔立马吓得跳起来四处去寻找那条龙，她找了每处洞穴，每处沙丘，甚至找过了那些根本不可能存在的角落。但是连龙的影子都没看见，而且一点儿痕迹都没有，龙应该已经飞远了吧。

难道又蜕皮了吗？这么快吗？哎呀，她怎么能这么粗心呢？

她得寻求其他人的帮助，奥斯滕一定会对她发火的。她不太想去找他，但是现在的情况下，时间才是最重要的，她得在事态进一步恶化前挽回局势。她用最快的速度跑到了她爷爷奶奶的农场那里，刚要进门，就听见谷仓里有一种奇怪的咕咕声，就像是奥斯滕忙于喂鸡时发出的那种声音。她拉了拉门，门闩上了，但是这门从来就没闩上过啊？她又听到里面有嬉闹的动静，于是敲了敲门。笑声忽然停止了，跟着的是一声嘘声。

“谁啊？”是奥斯滕的声音。

“我是泽塔，你现在是不是在忙？我得和你……说件事。”

锁咔嗒响了两声，门闩被拉开了。一开门，她就看见堂弟满脸淡然。“你想说啥我大概有个数了。”他嘟囔两句，把她拉进来后把门重新闩上了。

仓里的鸡都躲到椽子上，吓得不轻。泽塔发现干草堆后面露出了一条又黑又长的尾巴，她一下子就明白了一切。

龙就在这里。

“介意解释一下为什么我的谷仓里有一条龙吗，堂姐？”奥斯滕问道。

泽塔支支吾吾地想说什么。“我——呃……我只是不小心睡着了，我要忙的事情太多了，我得上采矿培训课，还要准备箭矢，还得照看龙，实在忙得不行。”

“没事，”奥斯滕带着一丝歉意说道，他理解她的堂姐，放下了指责的态度，“我们要同进退。幸好我们教会了龙跟随，否则谁都说不准现在龙会跑到哪里去。”

“有人看到了吗？”泽塔问。

“爷爷差点看到了它。我们当时在远处的田地里，忽然我瞧见远处有个黑点飞了过来。因此我和爷爷说他的锄头该磨一磨了，及时在龙降落前把他引开了。然后我用最快的速度把龙运进了谷仓。真是太险了，泽塔，太险了。我们得更加小心点！”

泽塔表示赞同。“我还有几瓶隐身药水，我们给龙喂一瓶的话，就可以不被发现地把它带回洞里了。”

奥斯滕耸耸肩。“这样确实是可行的，但是让龙离得更近一点儿不是更好吗？我们都累坏了。即使那个洞穴近了不少，天天往返也是很累的。”

“你不会想说我们把龙留在这个谷仓里吧？怎么可能藏得住？而且天天闷在谷仓里龙也会不开心的。”

奥斯滕露出笑容，然后从地板上拾起一张纸，认真地把它叠成一朵纸花。然后他把纸花贴在了龙鼻子上，龙有点不适应，打着响鼻。但是奥斯滕抓了抓它的角后面后，它就差不多忘了这件事。泽塔想了好一会儿才反应过来。每年一度的敌对生物游行就在几天后举行了，每年这时候街道上都会有一堆巨大的纸糊怪物穿行于大街之上，而整个小镇都会欢庆这个节日。

“你想把龙扮为一辆彩车……”泽塔吃惊地说。

“这不好吗？我觉得这是一个完美的机会，反正我们总是要和镇子里的人们交代龙的事情的，为什么不在我们用它赢下游行的冠军时公开呢？我们可以向大家展示它有多听话，也可以展示各种它掌握的技巧。镇长马上就能理解龙在应对袭击时能派上多大的用场。”泽塔摇了摇头，胃痛得不行，不止一次了。

“我们必须确认，我们能否在被袭击时与这条龙并肩作战。”奥斯滕一脸严肃地说道。

泽塔也清楚这点，或许她也最害怕这点。相信她犯下的错误反而引发了什么好事。或许这就是负负得正？不不不，不能这么说，但是一件大好事或许就能冲掉一件大坏事。她其实也很期待能够和大伙儿坦白一切。

“好吧，”泽塔说道，“虽然我还是觉得这很冒险，但是你说得没错。如果我们要把安危交到它手上，这一关确实也绕不过去。我也很信任你……所以，我们开干吧。”

奥斯滕在空中挥舞着拳头，高喊着，又吓到了附近的小鸡。“对不起，萨尔玛！对不起，尼拉！”他一边道歉一边揉着它们的肉垂。小鸡们都喜欢背靠着他享受摸头的感觉。

“不管怎么说，这都是一个绝妙的借口，我终于可以不用和雷恩、瑞特他们一家子去搞什么彩车了。”

“你已经做了不少吗？”泽塔憋不住笑出了声。

“你知道远古守卫者身上有多少刺吗？”奥斯滕问道。

泽塔摇了摇头。

“有十二根，它们的间隔必须保持一致，然后尺寸必须是非常精确的六毫米。所有刺都必须同时伸展再收缩，如果你负责伸展第四到第七这四根刺时慢了一秒半，你就要好好听他们去讲什么‘如果当初蜘蛛眼里的红石火把没有在游行时掉下来，赢的就是他们家’之类的长篇大论了。”奥斯滕做了个深呼吸，长长叹了口气，“抱歉了，我还是有点没缓过劲来。”

“不，我懂得，所以这次要用我们自己的彩车上了，太棒了。”

“我觉得我们可以在这些位置装饰一些纸花，这样能够让龙看上去更加吸引眼球。然后如果有人要问我们在谷仓里忙些什么，我们就可以说在准备彩车了。不是什么大问题。”

泽塔叹了一口气。这确实算不上是说谎啦，只是，她对她堂弟也学会了撒这种半真半假的谎言而感到难受。

泽塔这时候感觉整个主世界的命运都担负在她身上。她离开谷仓进入农场，尽可能多地采集甘蔗，带回谷仓后把它们加工成纸。然后奥斯滕用紫色混凝土粉末给纸染色。这是褐土沙丘在节日时的一个特殊传统。鲜艳的紫色纸花把龙的黑色鳞片衬托得更加醒目，形成强烈的反差。他们一直在折纸花，直到半夜有人来敲谷仓的门。

“谁？”奥斯滕和泽塔异口同声地回应道。

“是泽塔吗？发生什么事了？你们为什么不在山洞那边？”是雷恩的声音。

“然后，你知道的——那个东西在哪里？”瑞特接上话。

泽塔沉迷于折纸花，完全忘了要去和兄弟俩知会一下活动地点已经改成谷仓的事情。她跳起来跑过去打开门，确认了一下没有其他人看见，就把兄弟俩拉了进去。两人瞧见那条贴满纸花的龙，面面相觑。

“不行，”雷恩说，“我做不到。”

“奥斯滕已经说服过我了，”泽塔说，“你说得没错。龙帮助我们保护镇子，我们和它已经非常亲密，我们完全可以信任它。然后在节日游行上，我们可以借此向大家展示我们和龙的这种信任关系。”

“我是说，没错，我懂你的意思，但是我真的没法再做这个了，要是让我再折第二辆彩车的话，我恐怕要吐出来。”

“嗯，我认为这点子不错，”瑞特说，“但是还有一个问题。”

奥斯滕担忧地问道：“什么问题呢？”

“你们毫无疑问会在游行上大获全胜，然后我和雷恩在今年剩下的时间里都不得不一直去听我们父母抱怨他们这次又是如何被夺走胜利的，但这一切都很值得。镇上的人得好好看看我们在龙上面花了多少精力，他们一定很快就会感激我们的。”

雷恩表现出不安的样子，泽塔不禁问道：“你没事吧，雷恩？”

“没事，”雷恩就这么退到门口，“我要去外面呼吸新鲜空气，就一会儿，或者再多给我点时间吧。”然后雷恩走了出去。

瑞特叹了口气，有点生气，也有点因为他的胞弟感到尴尬，但是泽塔都很理解，对他们每个人来说节日的时候都会紧张不已。为了过节，本身就要忙个不停了。在褐土沙丘这么个人人亲近的小地方，每个人都逃不过会有那么一两个需要帮助的亲戚或朋友，也会有人在节日欢乐的气氛里嚼舌头根。

这种人还不少，泽塔从未如此想念过她的姑妈，因为她清楚姑妈心底也在想念她的父亲。泽塔希望她的父亲也会期望能够和他的妹妹重聚。很久之前他们两人就闹掰了，而且他们都很固执，不肯跨过那一道鸿沟，但情况或许也该变变了。

“雷恩会来帮忙的，只是他需要点时间。”泽塔说道。她希望瑞特和雷恩兄弟俩不会闹得和他父亲和姑妈那样。

“问你件事，”瑞特从四周打量着这头装饰着花朵的龙，“彩车通常是用纸和竹子制成的……轻到只有几个人就能抬起。这龙应该有几吨重吧？你打算怎么抬着它走街串巷？”

奥斯滕跳了起来。“你问到点子上了！我打算在它的爪子和翅膀上绑上线和木棍，假装它是在被我们操作着。”奥斯滕边说边把龙唤了过来，给龙的脚踝上绑了一圈线，然后另一端用竹棍牵着。他轻轻用竹棍往上扯，龙作为回应抬起了那条腿。“我一直在训练它学这个，”奥斯滕解释道，“但是我们俩还需要至少两个人才能来操作它。”他恳求地看着瑞特。

瑞特摇了摇头表示拒绝。“我没有办法，我父母输给你是一回事，我把他们击败的话就是另一回事了。”

“我们已经没有其他人可以托付了。”奥斯滕恳求道，“它和你已经很熟了，它信任你，而且这也不是赢不赢的问题，这是在保护我们的镇子啊。”

“真不敢相信，我居然在认真考虑这事。”瑞特恼怒地说道。他从奥斯滕手上接过棍子，用力扯了扯，就像是回应奥斯滕那样，龙做出了一样的反应。“好吧，我也参加，只不过我要操作翅膀。”

奥斯滕开心地笑出了声："太好了，现在我们就差把雷恩拉过来了。"

泽塔也清楚这事非常敏感，所以她一个人去找了雷恩。她瞧见雷恩正在把花盆排在栅栏上，然后用箭一个个射穿它们。他的箭法还是那么好，哪怕现在他心乱如麻。泽塔往后退了一步，避开了他的视野，但距离很近，近到雷恩不回头就知道她在那里。

泽塔看着雷恩一箭箭射出去，然后回收好箭矢后，回来重新射击。

"我还在等着你的药水箭呢？"他对泽塔说。

泽塔耸了耸肩，她清楚自己已经差不多要完成药水箭了。泽塔也清楚，雷恩此时提起此事只是为了转移话题罢了。"你没事吧？"她问道。

雷恩点点头："还好。"

"你有事的话可以放心地和我说，我们永远都是朋友。我不是故意让那些纸花吓到你的。"

"不是那回事……"

"那么是有关你父母吗？我清楚和他们一起工作的话确实很令人抓狂，"泽塔说道，"我可以试着和他们谈谈。如果是我说的话，情况可能会有所不同。"

"不不不，他们那边问题不大。我是说，没错，他们和往年这个时候一样，只会专注于彩车——但也就是这点，大家都和往年一样其乐融融，已经没人去关注袭击的事情了，好像什么都没发生过一样。大家只是继续在过日子，规划着如何庆祝节日，而与此同时，那些灾厄村民随时可能再次袭击，把我们所爱着的一切都摧毁得干干净净。而我的父母现在却只在关心一个纸糊的远古守卫者比例是否正确。”

“没错，我能理解，”泽塔说道，“我也一直忙着驯龙、挖矿和酿药，我也没有真正静下心来好好考虑过这些事情。”

“我真想能回到以前那样，每当我们出去冒险的时候，只用去关心那些古怪的苦力怕。”雷恩心不在焉地玩着弓弦，补了一句，“那时候挺身而出还没有现在这么难。”

泽塔把一只手搭在雷恩的肩膀上。“害怕是正常的。世界已经变得非常可怕了，但是恐惧是可以被克服的，你还记得最开始的时候你有多害怕那条龙吗？”

“还有点印象，”雷恩开玩笑说，“在树上蹲几个小时确实能够让你改变想法，龙也不显得那么又大又吓人了。嗯……你懂我意思的。”

泽塔点了点头，当这条龙撒着娇求着摸摸肚子的时候，大家确实很容易忽视它的体格和危险程度。“没错，而且你也不一定总要冲在最前面，大家要互相支持。只要我们合作，就一定能够保护镇子的平安，更何况我们还有一条龙。”

“我希望别再来了，”雷恩叹了口气说，“但我觉得你那个龙彩车的点子也不错。”

“谢谢夸奖，但这其实是奥斯滕的主意。”

“因为他总是想给你留个好印象。你是个很棒的堂姐。”

泽塔羞红了脸，她确实是想要给奥斯滕当榜样。她清楚在人的成长过程中，榜样有多重要，这意味着一个人最终的目标。她对自己能作为奥斯滕的榜样而高兴。

“所以我有一个好消息和一个坏消息，”泽塔对雷恩说，“你想先听哪一个？”

“坏消息是什么？”

“坏消息是，我们还需要一个人来操作龙彩车，而且只能是你，”泽塔笑了笑说，“当然你也可以拒绝，只不过我们就没法参加游行了，也没办法向大伙展示我们的努力成果了。”

雷恩冷哼一声。“我都快不敢问了。那好消息是什么？难道你有药水能够让我父母一下子放弃那个他们准备了好几个月的彩车吗？”

泽塔笑了。“我酿的是药水，又不是奇迹。好消息是我们已经抓住了命运的尾巴，只要我们再扯一把，我们就将被写入褐土沙丘的史书之中。”

# 第十七章

空气中洋溢着节日欢乐的气氛，新鲜水果的气息、烤肉的香味和炖菜的气味熏得泽塔非常不舒服。今天是不得不吃早饭的，但是她非常地紧张，全身心都在想着龙彩车的事情，一点儿胃口也没有。她坐在了龙身边。龙身上装饰的纸花甚至比鳞片还要多，看上去非常华丽。在如此华丽的装饰下，龙也显得骄傲了几分。

他们一遍又一遍地练习，不停完善表演中的各个细节。泽塔再清楚不过了，她做了很多关于龙彩车的梦，并且基本上是噩梦。她负责操作的部分是龙的左后爪，还有那条长得离谱的尾巴。在她的噩梦之中，龙亢奋到摇起了尾巴，把街边拥挤的手推摊贩纷纷抡飞到商店橱窗里，还时不时撞飞路人，把他们撞飞到镇子另一头。泽塔紧紧抓住手里的竹棍，竹棍的另一头拴在了龙尾之上——她心里很清楚，如果表演的时候还心不在焉，龙一尾巴就会把她手里的竹棍给抡走。

“别紧张。”奥斯滕从龙肚子下露出头来看她，或许泽塔满脸的紧张也太明显了，“你一紧张，龙也会跟着紧张。”

泽塔点了点头，只能把自己的恐惧强压下去。前面的彩车已经开始游行，大家的欢呼声传到了她的耳中。龙彩车位于队伍的最后方，因为他们几乎是在报名截止的最后一刻才报名参加游行。终于，她前方飘着的两个彩车开始前进，它们是一对巨大的恶魂。泽塔光看了一眼背影就震惊不已。难以置信的是，说不定此时此刻，就在下界的某一处，梅丽尔姑妈在和真正的恶魂战斗。

纸糊的恶魂下方有四个全身黑衣的操作者，好似恶魂的影子一般。他们高举着手上的竹棍翻回扭转。恶魂也随之行动，然后喷出一束模仿火球的巨大红橙纸屑时，街道上的气氛被引燃到了高潮。有些不明就里的孩子甚至直接吓得哭出了声。泽塔会心一笑，回想起她第一次参与这节日的时候被吓到多惨，她慢慢一年年地也喜欢上了这种小小的恐惧。

雷恩咕哝着什么。

“你没事吧？”泽塔笑容一收。是啊，今年情况不一样了，今年可没空享受这种安全的惊吓气氛了。雷恩想必也是差不多的感觉。

“还行，”雷恩说，“我们赶紧把这事了结了吧。”

大概一分钟后，龙彩车正前方的队伍也开始前进了，那是一具凋灵骷髅。泽塔可以看到它的胸腔中安装着一个音乐播放器，播放着骷髅骨架之间摩擦处的咔嗒咔嗒声。褐土沙丘的人喜欢这种小点子。有个人负责在前方操作骷髅的石剑掠过人群前方，吓得大家不得不稍微往后退了一步。

有些年，游行上确实会出现一些比较危险的彩车，但是前方近距离观看的群众在接下来的一年里都能拿它出来做吹牛的资本，因为彩车基本上都是纸糊出来的，质量很小，就算被打到一两下，也不会有多疼。但是如果这条龙突然……

泽塔不敢再想下去了，一切都会没事的，龙一定可以和他们配合得非常完美。

最后，轮到泽塔和她的朋友们前进了。泽塔摆出她最好的笑容，开始前进。她双手紧紧抓住竹竿，配合着龙的脚步上上下下，同时还用竹竿控制尾巴左右摆动。假装在操纵龙的这件事比她一开始想的要累得多，但配合就是一切。

人群中几乎是立刻爆发出了喝彩声。有几个装扮成末影龙的孩子显得非常兴奋。即使是对于褐土沙丘最盛大的节日，龙彩车也是一种难得一见的奇观。奥斯滕在前面领头，上下左右不停操作着龙头晃动，至少看起来是这样。实际上，是龙一直按照奥斯滕的指令在移动，而它的角度堪称完美。

“哇哦！”泽塔前面的瑞特惊呼道。泽塔一抬头就看到瑞特的竹棍脱了手，现在龙看上去是在自己扇动着翅膀，带起的升力甚至把它的前半身带离了地面。

不过人群的欢呼声更加强烈了，瑞特赶忙跳了起来抓回了竹棍，奥斯滕悄声安抚着龙。然后大家伙儿都开始反复欢呼：“末影龙！末影龙！末影龙！”

本次最受欢迎的彩车毫无疑问就是龙彩车了。最佳彩车的奖项由玛克辛镇长来颁发。最后，大家都聚到了小镇广场上，所有十六辆彩车围着镇公所的大楼梯排成一圈。这里早已装扮成了一个颁奖台，中间放置着一个由讲台改造而来的演讲台，两边装饰着仙人掌盆栽，讲台前还放着一块平平无奇的砂岩。

“泽塔！泽塔！”她父亲的声音传来。

泽塔刚把龙安顿在对应的位置上，转身望见她的父亲挤过人群跑了过来。“太神奇了，”他喘得上气不接下气，“你为什么不早点告诉我这就是你一直神神秘秘搞的东西？”

泽塔耸耸肩。“你知道的，我只是想把它作为一个惊喜。”她的父亲也笑了。“我能理解，不过我之前真的很担心你，我真的觉得你还瞒了我什么重要的事情……现在我全都搞明白了，做得真棒！”

泽塔点点头，眼眶湿润了起来，但是她把泪水憋了回去。她还没有告诉父亲一切，还有不少事情，不过也没有多久了。

镇长在讲台上，望着泽塔笑逐颜开。泽塔以前好像完全没见过玛克辛镇长除了皱眉之外的表情，她还以为镇长做鬼脸也会板着脸呢。“今年的优胜者大家都没什么异议了吧，”镇长演说道，“但是，在这之前，我必须和大家强调一下为什么在这个充满危机的时代，欢度节日有多重要。面临着危机与恐惧，我们中有些人不想庆祝今年的佳节，甚至有些人想要取消本次的庆祝游行。但是越是在逆境，我们就越要继续这项悠久的传统。灾厄村民随时可能会袭击过来，他们或许会摧毁我们的房屋，会劫掠我们的财富，但是他们永远也打不倒我们的精神。”

人群中爆发出掌声。泽塔看了看四周，雷恩也跟着鼓掌。或许现在这些话语正是他们所需要的，泽塔也有些被鼓舞了。褐土沙丘屹立不倒。

镇长拾起讲台前的砂岩块，走向钟楼。“为了让我们的镇子恢复正常，大家都不眠不休地足足忙了一周的时间。而这是最后一个方块，搭上它，我们的小镇就会重新归于完整。”和镇子里的其他建筑一样，钟楼也在上次的袭击里遭到了严重的破坏。现在镇长把最后一块方块推进了最后的缺口。人群中的掌声经久不息，令人兴奋。

太完美了，就像那条龙一样。

“现在，毫无疑问，今年敌对生物节的获胜者是奥斯滕、泽塔、雷恩、瑞特操作的名为‘末影龙’的彩车！”

掌声更响了，泽塔和她的朋友们依次走上舞台。而奥斯滕以防万一还在龙的边上看着。小孩子们装扮成各种怪物围着龙唱唱跳跳，他们用肥嘟嘟的小手抚摸着这条龙。奥斯滕一点儿也不担心龙会伤害这些孩子，龙喜欢成为焦点。而多一些朋友也是好的嘛。

泽塔现在站在颁奖台后面几丈远的地方，过一会儿她就要上台演讲。她高悬着的心落回到了肚子里。此时此刻，她为之兴奋，但又特别忐忑。是时候和大家说清楚一切了：龙是真的。希望一切顺利吧！

她向台下望去，人群中洋溢着笑容。她的爷爷奶奶也在那里，兴奋地挥舞着双手。泽塔还看到瑞特和雷恩两兄弟的父母也对着他们自豪地开怀大笑。或许朋友们也没必要那么担心。泽塔欣然接过镇长手上的奖杯，然后走上讲台。

“嘿！”泽塔破了音。她清了清嗓子，又试了一次。“你好，褐土沙丘的居民们！非常感谢大家喜欢我们的龙彩车。我知道这阵子大家过得都很困难，但是形势越是艰难，有朋友以及家人的依靠就越是甜美。我谨代表我们团队接受这个奖项，但是若是没有瑞特、雷恩，特别是我台下的堂弟奥斯滕，我独自是不可能做到这点的。”

镇长微笑着上台，轻轻地推开了泽塔说道：“非常感谢你的精彩演讲！”

“等等！”泽塔说，“我还没说完，我们有一些非常重要的事情要讲。”

镇长哈哈大笑，推了推鼻子上架着的眼镜，低头看向手上的纸。“我们不都是这样吗？我要以个人的角度感谢本次敌对生物游行的赞助商：本杰明家的黏液店，他为褐土沙丘提供了整整十五年的优质黏液块。我们还得提一下朱利安的炸鱼薯条店，采用上等鲑鱼、鳕鱼肉，完美烹调。如果你很勇敢，请参加每周五的河豚特殊挑战——吃完一整盘河豚还没事的话，本次免单！”

泽塔想挤回讲台前，但是玛克辛镇长绷着一张笑脸又把她撞到了一边，说道：“你快去和你的队友们好好欣赏欣赏你们刚获得的闪亮金奖杯吧。本日的水果盛宴是由我最喜欢的杂货店老板，我们亲爱的格洛丽安娜所赞助的！让我们为那个由西瓜雕刻而出的海龟鼓掌吧！真是一件艺术品！让我们感谢今日所有的优秀赞助商。”人群再次鼓掌。

“我是说我们的彩车！”泽塔意识到盛典马上就要结束，人群就要散去了。她连忙高喊道：“那个彩车实际上是一条真正的末影龙，我们期望能让它来帮助我们一起保护……”

但是人声嘈杂，没人能听到她的声音。烟花在头顶上方绽开，爆出很多漂亮又耀眼的火树银花。绿色、石灰绿色和白色交汇于人群上方垂暮的天空。她完全忘了这些烟花的事情。临近夜幕的烟花表演往往是庆祝活动中最精彩的部分。但是，泽塔却回头在龙的眼神中看到了满满的恐惧。

事情变糟糕了。

它的尾巴紧张地摇摆着，但是幸好所有人都只注意着天上的烟花，没有人注意到这里。奥斯滕想要安抚龙的情绪，但是没有什么作用。龙几下子便甩开了他，粗暴地扇动起双翼。泽塔和两兄弟都跑过去拉起竹棍，想试着把龙拉住，但是这只会更加激起龙的怒火。拴绳被纷纷扯断，它扭过身把连在身上的竹棍全部扯了下来，掀翻了附近的食品流动摊，散落在地的水果被它巨大的爪子踩得粉碎，恰好一大堆滚烫的炖肉泼在它的尾巴上。

这条龙尖叫着把尾巴猛甩，把刚刚修复完工的钟楼又打碎了好一大片。龙从人群嘈杂之中逃了开来，砂岩尘土飞扬。

龙猛地甩动身子，把全身鳞片上装饰的大部分纸花全都甩了下来。可人的龙彩车这会儿看上去可就没那么可人了。

尖叫声，很多尖叫声随之而来。奥斯滕试着去追赶那条龙，但奶奶像流水入沙一般敏捷地提住了他的衣领。“奥斯滕，我要和你好好谈谈。”奶奶神情严肃地说。

泽塔回头发现她父亲也正向她跑来，她可不会被抓到，她坚持向巨龙冲去，顺带弯腰抄起一个地上的苹果。她的迅捷药水已经用完了，所以她在试着像奥斯滕一样边冲刺边跳跃。这确实让她跑得更快了一点儿，虽然颠得她眼花缭乱，但是现在没时间管这个了。泽塔需要尽一切努力阻止巨龙造成更多的破坏。

她跑着，用最快的速度冲刺，跑到龙的前面，直直地盯着它。

“停下！”她赶紧在脑海中搜寻奥斯滕此刻会怎么去做，“站住！吁！不准动！坐下！停下！”那条龙还是高速地向她冲来，丝毫没有减速。泽塔知道以血肉之躯对抗十倍于她体格的野兽必死无疑，可是她别无选择。

没想到龙竟然停下了脚步，它盯着泽塔，几次吐息之后，它的眼神重归于平静。泽塔都不相信自己能够做到这点，她拉起最后一根拴绳，把龙牵到安全的地方。身后传来一阵呼号声，这可不是恐惧的呼号，而是一种宣战般的叫声。泽塔回头看见，几十个拿着剑的镇民向着那条龙走来。

那些剑肯定不是用纸花叠出来的。

# 第十八章

“你得把这条龙弄出去！”奥斯滕还在被他奶奶抓着，朝泽塔喊道，“马上！让它飞出去。”

飞起来？在龙背上？她自己一个人？她这么做过一次了，肯定能再做一次。她凑到龙身边，但龙一点儿都不配合，鼓着大大亮亮的紫色眼睛瞪着她。

“听着，我知道你很害怕，我也很害怕。但是如果你不让我骑上你，我们都会有大麻烦。”喊声逐渐接近了，那些锋利的剑也近在咫尺。泽塔觉得时间不够了，便掏出了最后一瓶隐身药水，试着把它硬灌进龙嘴里。巨龙对她发出了咝咝声，她马上退后了一些。她觉得龙不会对她使用毒素，但是也不是完全确定。

“拜托了，拜托了，快喝下去吧。”泽塔恳求道。她又试了一次，但这次巨龙暴躁了起来，展开双翼，震碎了商店窗户的玻璃。橱窗里摆满了鸡蛋，装在十二个一组的盒子里，盒子摞得很整齐。巨龙的双翼再次扇动，盒子就飞到了街上。还有一些小鸡，大约有三十还是四十只，形成了一片满是羽毛和鸡叫声的烟雾。鸡蛋砸在了地上，地面满是黏滑的蛋液。这两道障碍阻止了满腔仇恨的人们的脚步，他们想更进一步，但是却打了滑儿，撞翻了周围的人。

泽塔发现自己正站在铁匠铺门口。这里出售着最好的镐子、剑和斧头，但是她上次来的时候什么都买不起。她看到橱窗里摆着一把铁铲，窗玻璃已经因为巨龙刚才的举动支离破碎了。

也许泽塔还有最后的撒手锏。她小心地穿过破碎的玻璃，拿起了那把铁铲，把它举到巨龙面前。虽然它不是米切，但是巨龙看起来还是很感兴趣。泽塔跑了起来，巨龙紧随其后。她不停奔跑，直到离镇子很远才停下，都快要到他们之前待的洞穴了。泽塔知道他们不能在这里待上太久，镇长肯定会派搜查队来的，他们肯定会来这边。但至少现在可以在这里休息一下。

"不好意思，小龙，"泽塔说道，"我不想把你放在一个那么危险的地方，我忘记关于烟花的事了，我希望你能原谅我。"

巨龙已经睡下了，只是不断地朝她打呼。想要获得谅解也许还有很长的路要走，她已经让巨龙失望两次了，也许该认输了。她得把巨龙带回梅丽尔姑妈的家里，要是巨龙不想让她骑上去的话，就真的有很长的路要走了。

泽塔需要让巨龙相信她，而且要快。她要怎么做才能很快获得信任呢？也许这个问题是无法解答的，信任不是一朝一夕就能建立起来的。但现在还有人在追杀这条巨龙，她怎么能沉下心来？泽塔放缓了脚步，深吸了几口气，她想起了奥斯滕曾说过关于巨龙可以感受到她的紧张心情的事。

她放松了全身，松开了紧皱的眉头，露出笑容，想了想之后的几个小时她可以做什么开心的事情，而不是一直担惊受怕，如果她还能活那么久的话。

泽塔转过身背对着巨龙，走向了铲子发射器。米切还完好地待在里面，于是她把它拿了出来，上下抛掷起来，像拿着一根棒子一样转着它。

她一边转一边编出了一首歌。

巨龙，巨龙，是敌是友？
或许我们，无法探求。
坚如基岩，暗如夜幕。
炯炯双眼，紫光如柱。
请快快将我宽恕，
带我与群星共舞。
相信我吧，现在就走。
巨龙，巨龙，是敌是友？

身后，巨龙停下了打呼噜声和喘气声，但泽塔不敢回头看它。她继续转着圈唱了下去，直到她听到了逐渐接近的轻轻的脚步声。脚步声停止了，巨龙发出了自从它长大之后，她一直都没有再次听到过的轻微的呼噜声。不过泽塔没有理会巨龙，而是轻声哼唱着，旋转的步伐也慢了下来。

巨龙近在咫尺，她可以感到吹在后背的它的呼吸。它发出了更大的呼噜声，就像想让她赶紧丢出米切一样。不过她并没有这么做，而是把它高高地抛了起来，然后接住了。巨龙轻轻地碰了一下她的背。

泽塔转过身，摆出一副在这里见到巨龙很惊讶的神情。

“哦！”她说道，“你好啊，小龙。”她笑起来，转回身继续抛掷着米切。巨龙绕了过来，现在他们面对面了。龙摆出一副想要玩耍的姿势，伸出前爪，挺起下半身，前后摇摆着尾巴。

“所以你又喜欢我了？”泽塔说道，“如果你让我摸你，我就把它扔出去。”她先向巨龙伸出了手背，龙闻了闻，在她接近时没有后退。她尽可能地放慢动作，摸了摸龙的鼻子，然后退回去，扔出了米切。巨龙追着跑了出去，把米切带回了她脚边。

“好，干得好！现在我要摸离你的角近一点儿的地方了，可以吗？”这次泽塔摸了巨龙两次，然后再次扔出了米切。她一步步迈进，直到她可以抚摸龙脖子后面为止。接着她骑上去待了几秒，然后马上下来。在这期间，她一遍又一遍地丢出米切，估计丢了快有五十次。慢慢地，泽塔可以在龙背上待上整整三分钟了。

天色暗下来了，泽塔看到了远处的火把。那些人还在沙漠里寻找着泽塔和巨龙，而且越来越近了。

“好了，小龙。我刚才一直很有自信，但是我现在真的想让你带着我飞起来。”泽塔往前探了探身子，就像奥斯滕做过的那样，然后下达了起飞的命令。巨龙的双翼却纹丝不动。她再次往前探了探身子，用脚后跟稍微推了推巨龙。龙气冲冲地喘了口气，好像因为她在背上而突然间发怒了。

“对不起，对不起！”泽塔边说，目光边盯着那些火把。火把越来越近，她和龙很快就会被发现了。“好吧。拜托了，小龙，拜托了！”她发出了奥斯滕经常发出的驾驾声。

这次当泽塔往前探出身子时，她感觉到巨龙也动了起来。巨大的双翼展开，挥舞起来，没过多久，他们就飞到了空中，风拍打到泽塔的脸颊上，这感觉太棒了。巨龙听从着她的指令，就像他们在一起很久了一般。她本来想先转个弯再径直地飞向她姑妈的家里，但她很清楚他们马上就会找到那边。她兜兜转转，思索并寻找着一个可以去的安全的地方。月亮如同信标一般在头顶闪耀着，和巨龙亲密无间，在空中翱翔，这感觉棒极了。虽然她知道这样的时光马上就快结束了，她的姑妈会在冒险之后回来，她和巨龙在一起的日子也会被终结。泽塔很庆幸她没有给巨龙取名，不然告别会变得更加艰难。

泽塔抹掉了眼角那一滴肯定不是眼泪的水珠，也许只是迎面的风有点大罢了。正当她在一望无际的沙漠里找寻一个安全的藏身之所的时候，她在沙丘和奇崛的山崖之间看到了什么——那是一栋几层楼高的建筑，上面有着巨大的穹顶。那附近人潮涌动，还有一些动物。泽塔觉得这很奇怪，她可不知道离他们的镇子这么近还有其他的镇子这回事。而且，那也完全不是一个镇子，只是一栋建筑。

因为好奇，她指挥着巨龙靠近那里仔细看看。但当她看到许多愤怒的灰脸都在抬起来望着她时，她真希望自己没有做这个决定。那些人是灾厄村民，有数百人，旁边还绑着几头劫掠兽，看起来迫不及待要出行的样子。泽塔有了一种非常不好的预感，她完全明白他们要去向哪里。

# 第十九章

泽塔得回到镇上警告玛克辛镇长才行，但镇长现在肯定不会相信她了，尤其是在毫无根据的情况下。泽塔知道该怎么做。她得接近这个掠夺者营地，拿到什么东西——一个可以证明她看到了什么的东西。因此她指挥着巨龙飞离了掠夺者营地，落在了一个巨大的沙丘后面。她把米切丢给了巨龙，好让它自娱自乐，同时对它下了待在原地的指令。巨龙似乎对她微笑了一下，然后开始啃咬起铲子的一头。

接着，泽塔三口两口喝下了一瓶隐身药水，等待着酥麻感传来。她隐身了，完全隐身了。不过她低头一看，又看到了自己的鞋子。哦，她把它们脱了下来放进了背包里。她现在完全没有护甲，十分脆弱，但是她别无选择。

她在沙漠中前行着，直到她和掠夺者营地如此接近，甚至可以听到灾厄村民的谈话声。泽塔不明白他们在说什么，但是他们看起来很生气，甚至比往常任何时候都生气。他们还在为上次被自己的邻居和朋友打得落花流水而懊恼吗？可能吧。这次参加袭击的队伍比上次要大好几倍，这里肯定聚集了几个不同的部落，都想要重创泽塔的小小镇子。要不了几分钟，褐土沙丘就会满目疮痍的。

泽塔睁大眼睛，寻找着可以作为合适的证据的东西。她发现了一个装满了斧子和弩的箱子，但是这些东西任何人都能轻易制作出来。一面旗帜肯定刚刚好，营地石墙边上刚好靠着一面，上面装点了一张怒目圆睁的灰色大脸。不过她刚朝着旗子走了几步，一位袭击队员就把旗子拿起来插在了头顶上，这个主意只能作罢了。好吧，也许劫掠兽的一条缰绳也可以？泽塔觉得不会有人能做出这种东西的，也不会有人想去重现那种劫掠兽独特的难闻气味……就像一个发霉了的堆肥桶散发的味道一样，但是比那要糟得多。

栅栏后面正有几头劫掠兽踱着步，它们都被走来走去的灾厄村民们分散了注意力。泽塔静悄悄地接近了它们的围栏，和一位穿戴和其他人不同的灾厄村民擦身而过，他穿着一身黑色的长袍，身前有着两条金色条纹。他只是站在那里，交叉着双臂，好像在发呆。

真奇怪，泽塔想着，然后走过了他身边。不过就在此时，他马上把头转向了泽塔，睁大了眼睛，好像在直直盯着泽塔一样。泽塔差点喊了出来，但她憋住了。她咬着手指头继续前行着，她的隐身药水肯定还有效果，虽然她一刻也不想在这里多待。

她来到了劫掠兽的围栏边，确保没有人之后，打开了门溜了进去。这里一共有五头劫掠兽，它们巨大的蹄子踏碎了脚下的泥土。泽塔提醒着自己，就算她隐身了，她也不是无敌的，这些野兽一共有十只角，每一只都可能捅到她。

她觉得这些野兽里的其中一头比其他的更温顺，就像在一群苦力怕中那只爆炸威力最小的一样。但即使那头劫掠兽被吓到了，还是能踩扁她的，所以她非常小心地松开了缰绳的第一个扣，然后是下一个。接着她便可以让缰绳滑下来，轻轻地落在土地上。她警觉地看着周围。在旁人看来，这条缰绳看起来就像自己脱开落了下来一样。她又等了几秒，然后开始蹑手蹑脚地把缰绳从野兽身边挪走——一条自己动起来的缰绳肯定会让人起疑心的。

终于，泽塔把缰绳紧紧地卷了起来，塞在了衬衫下面。她在隐身药水的笼罩之中，顺着来的方向原路返回。在她离安全地点还有一半距离的时候，号角声响起了，所有的灾厄村民都打起了精神，聚集到了拿着旗帜的那位身边。

也许那是袭击队长？虽然泽塔不明白他在说什么，但他语气坚定，充满了激情。其他的袭击者赞许地点着头，发出哼哼声。他们看起来很生气，充满了杀意。

不过好在所有灾厄村民的注意力都集中到了队长身上，泽塔可以比刚才更容易地溜出去，这是一件好事，因为劫掠兽的缰绳很臃肿，一直在往下滑落，泽塔很怕缰绳掉出来。

就差几步了，泽塔正想着，一位女巫从她面前经过。女巫死死地停在了她的面前，朝她吼了一声。泽塔还以为她现身了，但自己的双手双脚仍然还是无影无踪。不过，女巫肯定感觉到了她的存在，或者感觉到了她身上的药水——那些几乎看不到的微小魔法粒子暴露了她的行踪。

泽塔一眨眼的工夫，女巫就朝她丢出了一个瓶子。瓶子在她脚边碎裂开来，泽塔马上跑了起来。她跑起来很费劲，感觉双腿就像被地面抓住一样。她还在前进，只是很慢很慢。

哎呀！是迟缓药水。女巫准备扔出的下一瓶药水看起来更加致命。女巫丢出了药水，她躲了过去，药水远远地砸到了沙地上。

现在其他的灾厄村民也发现了她的存在，箭矢从她耳边飞过。泽塔不停奔跑，尽力躲闪着。好在迟缓药水的药效很快消失了，她迅速跑到了沙丘背后，跳上了龙背，飞到空中，以最快的速度离开了。她现在有了证据。

泽塔朝着褐土沙丘的方向出发了，但她不能带着巨龙出现，她得把龙藏到什么安全的地方，一个没人敢去的地方。随着割裂沙漠的大裂谷映入眼帘，泽塔有了主意——一个很糟糕的主意，但是没办法了。

一个多星期前，瑞特给她看的那个老金字塔是半掩埋在峭壁上的，步行很难到达，但对巨龙来说没那么难。她让巨龙降落到那里，希望这突如其来的重量不会让整个结构坍塌到下面的熔岩河里。

金字塔已经支离破碎，外面缺了一半的墙只刚刚够巨龙通过。在被遗弃了几百年之后，谁知道有什么东西会在里面游荡？现在泽塔就要揭晓答案了。她点起一支火把，跨过了那个破碎不堪、曾经是大门的入口。

巨龙缓缓地跟在她后面，像一只小狗一样半蹲着。

“我们两个不能害怕。”泽塔对巨龙说。

巨龙朝她哼唧了一声，推着她进到了房间里，但她在里面踏不出另一步，看起来这个房间很久之前就被炸得粉碎了。砂岩地面上有一个大坑，可能是掠夺者干的，来找寻宝藏的那些。虽然这里没有东西可拿了，但是这个大房间可以让巨龙舒服地待上一会儿。

泽塔听到房间没被火把照到的阴暗角落里传来了蜘蛛窸窸窣窣的声音，她轻松地杀掉了第一只，不过第二只在她毫无防备时偷袭了她。蜘蛛刚要再咬泽塔，巨龙就用一只巨大的爪子压扁了它。然后龙闻了闻爪子，退了回去。

“真是条好龙，”泽塔说道，“从即将到来的那场袭击的规模看来，我可能还需要你再做一百次那种事。现在听好，我得让你待在这儿。不要乱跑，哪里都不要去，听懂了吗？”

巨龙发出了一声咕噜声，用头的侧面拱了拱泽塔的身体。“想挠挠角？是吗？好吧，你救了我，我觉得可以挠挠你。”泽塔挠了挠巨龙头上探出的灰色的角和角后面的地方，然后叹了口气。到现在为止，她一直做到了不把巨龙当成宠物这件事，就像她所期望的一样。只是现在，她却把巨龙当成朋友了。

巨龙再次发出了咕噜声，然后舔了舔她的侧脸。这也没她想象得那么糟糕。

“我很快就会回来。记得哪里都不要去！”泽塔边说边向后慢慢退出房间，确保巨龙没有跟来。看起来巨龙待下了。不错。她保持着脸上的笑容，看着巨龙的尾巴轻轻地拍打着满是残骸的地面。她不想让龙看出任何她有多么害怕的迹象。

接着，泽塔回到了峭壁边上，以最快的速度用镐子向上凿出阶梯，毫不理会从她身边掉落到峡谷底部熔岩河里面的石块。她终于来到了结实的地面上，用最快的速度跑了起来。这次她没有迅捷药水，但肾上腺素正激发着她，让她跑得差不多一样快，带着那个笨重的劫掠兽缰绳。

割裂沙漠的峡谷很深，但感觉完全比不上泽塔和她父亲之间的沟壑。在去见镇长之前，她得从这一步开始。她得说服她的父亲，这也意味着她要告诉他真相。

镇子映入了眼帘，还没有袭击的迹象。灾厄村民们有很长的路要走，但愿褐土沙丘的人们有足够的时间做好准备。

泽塔敲了敲她家的前门，期望她的父亲没出门去讨伐那条龙。回自己的家都要先问一句这件事让人感觉很奇怪，但在她经历了那些事之后，她感觉自己在这里完全是个陌生人。她爸爸沉着脸给她开了门。

“镇长一直在找你，”他说，更像是在抱怨，“得有人为那头野兽造成的破坏负责。我甚至不想问——”

“爸爸，你不用问，因为我会讲给你听，所有的事。”

父亲深吸了一口气，侧身让泽塔进来。泽塔看着父亲的眼睛，告诉了父亲所有的事。从她一开始尝试酿药，到找姑妈学习酿药，到打破末影龙蛋。在说到这部分时，父亲皱起了眉，在她接着讲下去时也一直皱着眉。直到把所有事都讲出来之后，泽塔才发现自己经历了多少危险的事，让大家承受了多少风险。

“你和末影人战斗过？”父亲问道。

泽塔点点头，虽然这一架她打得并不好。

“你溜进了一个掠夺者营地？”父亲拿着那个劫掠兽缰绳，把它举到了鼻子前，当他闻到一丝那种糟糕的味道之后，五官都扭曲了起来。现在他没法否认泽塔所说的了。

泽塔再一次点了点头。

“然后你想说那个差点把我们的镇子毁了的怪兽现在可以保护我们？”

泽塔抓住机会，点了点头。“我们很好地训练过了这条末影龙，它可以帮我们抵御袭击者。灾厄村民马上就要来了，大概有几百个。我们得说服镇长，让她做好准备。我知道瑞特、雷恩、奥斯滕和我都还年轻，但是我们有很多好主意。”

“如果你说的‘主意’是不靠谱的巨龙和那些荒唐的魔法——”

“那可不是荒唐的魔法，爸爸，那只是这个世界运作的方式。我们的世界正在改变。没错，有些改变是可怕的，但是也是探索和创造的机会，重新考虑我们生活方式的机会。

妈妈明白这一点，梅丽尔姑妈明白这一点。我们不能把头埋进沙子里，盼望着改变会擦身而过。我们现在就要行动起来！”

父亲安静了很久很久。他们没时间可以沉默那么久了，但是泽塔明白，有些事情不能着急，她的父亲此时需要消化很多事。

“好吧。”父亲终于开了口，走向柜子，打开了锁，然后拉开了箱子，直到那个活板门再次暴露出来。他在活板门旁边按下了一个按钮，活板门打开了。藏在里面的箱子一尘不染，泽塔觉得父亲肯定清洁过。父亲拿出了酿造台，把它递给了泽塔。泽塔正要深深地感谢父亲，但只见他从箱子里拿出了另一样东西——一个小小的、银色的星星。

泽塔眨了几下眼。“那是什么？”她问道。她的脑海里闪过了什么，她很快就明白了。不过，她还是想让她的父亲把它说出来。

“这是一枚下界之星，是你妈妈从她杀死的凋灵那儿得到的那一枚。她曾说过要用它制作一个信标，让我们的矿工们工作起来更加便利，也许你知道要怎么使用它。我猜你拿走了她的笔记本。”

泽塔点点头。“对不起，我应该先问问你的。”

“没关系，你妈妈会愿意把它交给你的。如果她看到了你的勇气和决心，会为你骄傲的。”父亲露出微笑，“我也为你骄傲。”

泽塔听着这些话，心脏击打着她的胸口，这些话就像那枚下界之星一样珍贵。她目不转睛地盯着那枚闪烁的星星，看着父亲把它放在自己的手里。

现在他们只要把玛克辛镇长也拉上就行了。

# 第二十章

“不行，绝对不行，我们可不能用魔法来保护自己，尤其是你们这种人的魔法。”镇长指着泽塔，像是自己发火的对象还不够明显一样。

哼，泽塔想着。只是把某人变得隐身了一半而已，还原谅不了我了。好吧，还有那次“假装是彩车的龙失控事件”。不过说真的，谁一生中没至少搞砸过一两次呢？

“泽塔说的是实话，”泽塔的父亲说着，把劫掠兽缰绳扔在了镇长脚边，“她冒着生命危险拿到了证据让你相信她。我们必须动用所有能用上的方式，不然褐土沙丘可能会毁于一旦。”

“墙壁会保护我们的，”玛克辛镇长说，“我还会叫上扎登队长和战士们，派遣弓箭手到塔楼上。泽塔勇气可嘉，但是我们不能让孩子们到处乱跑，以为他们能拯救整个主世界！”

“我没妄想着拯救整个主世界，”泽塔说着，不愿在镇长的怒视下退让，“我只是想帮助大家，我是这里的一分子，小镇是我的家园。这还不够吗？”

玛克辛镇长依然咬牙切齿，但目光变得柔和了一些。“没那么简单，褐土沙丘的人们不会接受这种事的，我们这里不用魔法。”

“你不是镇长吗？人们相信你，他们会听你的。”泽塔死死盯着镇长，期望着她能做出正确的选择。现在到了紧要关头，泽塔的心脏在胸口怦怦直跳，镇长必须相信她才行。

“好吧——你需要什么？”玛克辛镇长终于问出了口。

“我们得进入镇子的仓库，”泽塔说着，将她母亲的笔记本翻到上面有着一个安装在用各种珍贵的方块搭成的金字塔的信标的一页，“铁、绿宝石、黄金、钻石，我们需要手上所有的矿石方块。”

但是镇长已经摇起了头。“我们不能浪费——”

“如果我们不拯救镇子，就没有东西好浪费了。”泽塔打断了她，“我的母亲留下了笔记，我们可以给大家力量效果，如果我们把这个金字塔搭得够高，甚至还有生命恢复效果。”

“好吧，”镇长的语气缓和了一些，“还有什么？”

“我还需要一些烈焰粉来酿制药水，还有更多的酿造台。我可以酿制用在箭矢上的药水，还有一般的药水。这会需要很多玻璃瓶，还有很多水。瑞特可以建造一台自动射箭的机器，还有一架 TNT 大炮……”泽塔在说到最后这里时皱了皱眉，但还是坚持说着她的要求，“我们也需要制作这些的材料。

瑞特可以帮你在墙边建上几台。还有其他人可以帮忙吗？”

玛克辛镇长完全因这个要求的规模而惊讶，她终于认真对待起泽塔来。她叫来扎登队长，把任务分派给他手下的战士们。这个队伍零零散散，矿工们、建筑师们和店主们都聚集了过来，帮助泽塔实施她的计划。铁匠科拉把她所有的斧头和剑都捐给了需要的人。

当然，末影龙肯定会确保他们成功，但泽塔对此缄口不言，因为她暂时不想在镇长面前再做更多的试探。

回到广场上，泽塔跟着玛克辛镇长穿过了仓库的大门。镇长让泽塔转过了头，同时把一个秘密的物品放进了附近的一个箱子。在箱子吱呀一声关上的同时，泽塔听到墙后面传来了微乎其微的红石机械的声音，分析着这个物品，确认它是可以打开仓库的正确物品。

终于，泽塔全神贯注地看着活塞门慢慢缩回，仓库里的物品展现出来。母亲的发明保护了仓库的矿石免遭袭击者的侵袭这件事让泽塔十分自豪。墙边摆满了箱子，每个上面都用标签标记着镇子的一种珍贵物品。泽塔又看了一眼手里的笔记，他们一共需要一百六十四个矿物方块才能建出一座四级的金字塔。

几位助手开始从箱子里拿出铁锭，把它们做成方块，镇长也不断地拿出更多的库存。

“我们可能没有那么多，”她对泽塔说，“不过别担心——以我对这个镇子的了解，我们总会找到办法的。如果需要，我甚至可以去挨家挨户要。”

泽塔舒了一口气，玛克辛镇长现在完全被说服了。镇长给泽塔塞满了烈焰棒，好让她做成粉。接着，泽塔便要跑去找她的朋友们和堂弟，不过她刚一出门，他们就已经在大厅门口的楼梯上了。

“我们知道消息了。”瑞特说道。

“灾厄村民要来了，有很多。”雷恩说道。

“巨龙在哪里？”奥斯滕问道。

“它很安全，”泽塔说道，“在大裂谷的老金字塔里。我想让你去找它，不过雷恩得告诉你怎么走。另外，这次袭击规模确实很大，但是我们能抵挡，只要我们齐心协力。你找到了巨龙之后，让它待在原地不动，然后等我指挥。”

“我们能抵挡的！”奥斯滕喊道，然后拉着雷恩朝镇子北边走去。

“瑞特，我需要你找一些建筑师去在墙边建上至少四个你那种射箭的装置，还有一门 TNT 大炮。扎登队长可以帮你找到放置它们的关键位置。”

“没问题，老大。”瑞特点着头说道。泽塔回到了仓库里，制作了八个酿造台。

她在之前甚至管不过来一半那么多，但现在尽可能多做药水至关重要。镇长的助手们源源不断地送来装满水的瓶子，比泽塔要的还快。她专心地努力着，不断做着笔记，让自己保持专注，不分散注意力。

她先从滞留型药水开始酿制。她拿出了所有的龙息，进入了状态，首先酿制剧毒药水，然后是伤害和虚弱药水。滞留型药水做好之后，她在工作台前手忙脚乱了一会儿，试着用不同的方式摆放箭矢。终于，所有的箭镞都改变了颜色，并且散发出魔法粒子。不过没时间欢呼雀跃了，她把那些小小的瓶子和合成配方交给了助手们，这样他们就可以做出更多的药水箭了。就算发酵蛛眼的味道令人生厌，也没有人说什么。

他们花了一个多小时，做出了几百支药水箭。泽塔用完了龙息之后，便开始酿制一些喷溅药水。她知道自己虽然不能在近身战斗里帮上忙，但她可以把药水丢出去，她的准头儿也很好。接着，她把箭矢装进了背包，能装多少装多少，把剩下的交给助手们，然后回到了广场上。

箭塔已经快完成了。泽塔把箭分到了每个机器上，不过她没时间待在这里看着它们被装填进去了。她把剩下的药水交给了扎登队长，扎登队长充满谢意地接过了它们。

“你做得真是太棒了，泽塔！”扎登队长说。

“谢谢，我希望这些药水箭有用。”

“肯定会有用的。这个也会很有用。”扎登队长从背包里拿出一把附魔弓。

“只要你还有至少一支箭，你就有无限支箭。我的经验只够做这几把。请把这一把交给你的朋友，这次可不要弄坏了。”

泽塔接过弓，小心翼翼地把它放进了背包里。她默默发誓，自己在见到雷恩之前绝不会把它拿出来，哪怕有十几头劫掠兽要踩扁她。

东墙附近的信标也快要完成了。铁匠科拉吃力地把一整块黄金搬到了最高的第四层，重重地放了下去。他擦了擦额头的汗，站到一旁，让泽塔的父亲放上最后一个方块——它看起来像一块玻璃，但是里面装着下界之星，正发出钻石般的光芒。就这样，信标完成了。

一道竖直的白光射入天空，缓缓转动，所有人都看得出神。不过当信标的光芒带来的震撼逐渐消退之后，泽塔发现自己没有感觉到任何不同，没有变强，也没有变快。

她原地跳了跳，但是和往常一样没能跳多高。

什么都没有变。

“它没有用，”科拉朝泽塔喊道，“我觉得还差了一步。”

“没有用是什么意思？”泽塔边说边走上金字塔。那些打磨过的珍贵方块使她脚底打滑儿，她小心地走了上去，站在科拉旁边，一起看着母亲笔记本里的示意图。看起来做法都是对的。泽塔翻了一页，发现那已经是笔记本的最后一页了。

“嗯……”泽塔感到了胸口的压力。所有人都在看着她，觉得她会知道怎么办，她应该能弄明白，她只是需要时间。但是，她并未想好怎么办。站在金字塔的塔顶上，她可以看到墙壁的外面。

袭击的队伍已经到了，近得已经可以让泽塔依稀分辨出那些灰脸上怒气冲冲的表情。袭击队长高高地举着灾厄村民的旗帜，她可以感到劫掠兽们齐步前行的震颤从她脚下的金字塔传来。袭击的号角响起，预示着灾厄村民攻击的开始。可褐土沙丘墙内的一切都如此安静，静得泽塔可以听到自己如镐子敲击石头一般的心跳。

# 第二十一章

不出几秒，钟便敲响了。几分钟之前大家还在整齐有序地准备应对袭击，现在却陷入一片混乱。叫喊声从四面八方传来，扎登队长的杂牌军保持不住队形了。

史莱姆收集者本杰明弄掉了自己的剑两次，好像忘记了怎么用剑一样。

泽塔觉得他几年间肯定已经杀了几千只史莱姆了，但现在却神经紧绷，成了这副模样。

不过泽塔可以理解。那些慢悠悠、蹦蹦跳跳的史莱姆方块根本算不上危险，就算被包围了也能轻易脱困。但现在他们面前的威胁可没法甩掉，一百多个灾厄村民和他们的敌对生物队伍正朝着褐土沙丘稳步进发。这就像一个慢放的灾难片镜头，让镇里的所有人都有足够的时间担惊受怕，迷惑不解，惊慌失措。

几分钟之后，雷恩和奥斯滕也到了，上气不接下气。

“我们找不到那条龙了。”奥斯滕语气颤抖地说着。泽塔可以看出他深棕色眼睛里的悲伤。“我们到处都找过了，却连龙的影子都没看到。它不见了。”

“哦，不，也许它又去找你了。”泽塔说着，把手放在堂弟肩上安慰着他。她抬头望着天空，盼望着这一刻巨龙可以从天而降，对着整个袭击队伍喷上一发它的紫色毒素。她不想承认龙可能已经对被丢下、被欺骗和被追逐这些事厌烦，飞走去寻找更宁静的生活了——没有一群对它好的好朋友和一镇子想讨伐它的人的生活。

“也许吧。”奥斯滕的语气也没比泽塔更坚定。

“没有它，我们只能拼尽全力了。”泽塔说着，把最后一支药水箭递给雷恩。

雷恩苦笑着。“只有一支？”他边问边摆弄着那支箭，箭头的颜色不是白色，而是绿色的，小小的魔法粒子在周围的空气中飘荡，“我还以为至少有十几支。”

“你只需要一支就够了。”泽塔说，接着拿出附魔弓，在自己用某种奇特的方式把它弄坏之前，马上递了上去。

雷恩看起来差点晕过去。“附魔弓？谢谢你！”

“你得感谢扎登队长。一会儿再去，现在我们要保卫镇子，我还得找到让那个信标生效的方法。这里突然就没有其他步骤了，但是我知道妈妈的笔记做得很好，不可能出错的。”

“嗯……”奥斯滕说着，拿出并打开了他的笔记本，“也许你想看看这个……”

泽塔拒绝他。“不好意思，奥斯滕，我现在没时间看你的怪物草图。”

“不是怪物草图。”他把那一页放到了泽塔面前。那不是一张怪物的草图，而是一张信标的草图，旁边写着激活它的方法。

泽塔合上了奥斯滕的老旧笔记本，它几乎和她妈妈的那本一样。“你从哪里找到的？”

“几年前你照顾我的时候在你的柜子里找到的。或者说，应该在照顾我的时候，你睡着了。”

泽塔摇了摇头，不过她现在没有时间被她堂弟吐槽了。她跑到了父亲身边，把笔记本交给了父亲。父亲接了过去，看了看那一页，向信标里输送了一块铁锭。

一阵强风掠过泽塔，就像一道魔法的冲击波，让她眼皮颤动了一下。没过多久，她就感到被赋予了熟悉的力量。只是这次感觉更加自然了，没有那种想炫耀一番的欲望，她只是感到了一股想要尽可能地使用这份力量的动力。

瑞特跑到他的机器附近，雷恩也顺着摇摇晃晃的梯子爬上了一座瞭望塔。正当所有人各就各位时，泽塔看向了奥斯滕。没有巨龙可以指挥，他的确没有什么事可以做。“奥斯滕，你去帮镇长把不能战斗的人们聚集起来，带到仓库里怎么样？尤其是奶奶还有爷爷，你知道他们多固执。”

他叹了口气，然后点点头跑开了。

“我记得你说的是大约有一百个。”雷恩在瞭望塔上搭着箭喊道，他的眼睛因为箭术而十分锐利。

“本来是这样的，”泽塔说着，爬上去到了他身边。她站在塔上，快速地估算了一下敌人的数量。看起来现在几乎有两百个灾厄村民了，还有差不多十几头劫掠兽。“肯定还有其他的部落也加入了他们。”

“那也没关系，”雷恩说道，“我们的计划还很牢靠，只是会花更长时间而已。”

泽塔点点头，好像相信了一样。他们有无限的希望，无限的信心，现在还有无限的箭矢。这场战斗会很艰难，但他们也尽全力准备了。而且，这群敌对生物马上就要走进 TNT 大炮的射程了。

“瑞特，你准备好了吗？”扎登队长从另一个塔楼上喊道。

“是，长官！”瑞特在大炮旁边的位置上喊道。泽塔仍然不敢相信镇长居然同意了，不过这让她想到他们当时是处在多么绝望的境地，于是难受起来。“就等你发话了！”

就在一瞬间，扎登队长把手往下一挥，喊道：“开炮！”

瑞特引燃了双管大炮，然后后退了几步，看着红色的 TNT 棒子闪烁起来，两个 TNT 方块几乎同时被机器高速发射了出去，直直地朝那伙儿暴徒飞去。灾厄村民们没有时间对攻击做出反应。TNT 在落地的一瞬间就爆炸了，时间刚刚好，一团尘埃和碎屑飞向空中，塔楼上的所有人都欢呼起来。不过当飞扬的尘屑逐渐散去，人们发现袭击的队伍仍然密密麻麻。TNT 大炮的效果应该比这要大得多，而且它们攻击的落点刚刚好。

泽塔不明白哪里出错了，直到她在袭击者的队伍中看到了尖尖的黑帽子，周边围绕着厚厚的红色粒子云，那是女巫，正在四处扔出喷溅药水治疗他们的同伙。

“开炮！”扎登队长再次发令。

这一次，大炮发射得也很完美，不过袭击者们也做好了准备，他们四散开了。大炮击杀了大约二十个灾厄村民，但剩下的袭击者队伍仍然稳步前进着。第三次发射的 TNT 炮弹直接掠过了他们头顶，只造成了一点点伤害。瑞特低着头，看起来很沮丧，也许这些大炮没有他想象中那么有威力。不过它们还是造成了一些伤害，那些灾厄村民一定也很害怕。这点还是有用的。

袭击者们现在离得太近了，不能再试着用大炮攻击了，不过这也意味着他们现在进入了那些最厉害的射手们的射程了。雷恩射出了三支箭，每支都击中了他的目标——一个暴怒的卫道士。在第三支箭落下之后，卫道士便化作一缕烟无影无踪了。“射得好，”泽塔说着，发现雷恩使用的是普通的箭，“那些沾了剧毒的箭怎么了？”

“无限附魔箭矢对药箭没有效果，不过这把弓很强劲，我根本用不到它们。”雷恩说道，语气中充满了自信，他又搭上了一支箭，“一个死了，还有大概一百八十多个。”

“先瞄准那些有武器的，”扎登队长说道，“准备好箭矢发射器！”

泽塔不想继续打扰他们了，所以看向了瑞特，他正匆匆跑向箭矢发射器的控制面板。那里一共有四个拉杆，每一个对应着一台发射器。他拉下拉杆，把四个机器都打开了。红色粉末的线路发出光辉，片刻之后，射击便开始了。箭矢以惊人的密度向外飞出，真的好多，泽塔根本看不清任何一支。箭矢开始逐渐落地，不过由于袭击者们已经分散开了，大部分箭矢砸在了地上，而不是敌人身上。

袭击者们已经接近可以还击的距离了，他们的弩高高地瞄准了塔楼。一支箭从泽塔身边飞过，插进了塔顶，另一支射在了她的肩上。在她疼得喊出来之前，她感觉信标的效果就像一道暖流经过了她的身体，马上治愈了她。她毫不在乎地把箭从手臂上拔了出来，扔在一边。

现在袭击者们已经靠近连最“嫩”的弓箭手都可以打中的距离了。泽塔也开始丢出剧毒药水，不过女巫也在用治疗药水做同样的事，两种药水效果互相抵消了。

泽塔没再浪费另一瓶药水，而是沉下心观察敌人。扎登队长让射手们先对付那些带着武器的袭击者，这样就完全放过了那些穿着长袍的奇怪的灾厄村民。不过泽塔往他们那些诡异的绿色眼睛里一看，就知道这个决定是错误的。

“我们得先集中攻击那些穿着长袍的灾厄村民，”她朝扎登队长喊道，“他们肯定在耍什么花招儿，我能感觉到。不然为什么他们会在战斗中如此泰然自若呢？”

扎登队长看向来势汹汹的袭击者们，看起来他也发现了那些穿着长袍的灾厄村民潜藏着极大的危险。“改变策略，”他朝战士们呼喊道，“先杀掉那些穿袍子的灾厄村民！”然后钦佩地看着泽塔。“泽塔，这真是个好主意。如果你以后需要我帮忙，只要——”

“他们在召唤什么东西！”一位战士喊了出来。那些穿着长袍的灾厄村民停下了脚步，举起了双臂，绕着圈挥舞着。一根根尖牙从地上冒了出来，其中一些从下面穿过了墙壁，刺到了站在附近的战士们。泽塔从来没见过这样的东西，那些饥饿的巨口突然冒出，他们渴望血肉，他们渴望复仇。受伤的战士们惊慌失措，不过信标及时恢复了他们的生命，马上就治好了他们。

穿着长袍的灾厄村民们又开始了召唤，突然间天空中便飞满了一群浅灰色的鸟，朝着塔楼俯冲过来。它们接近后，泽塔才发现它们并不是鸟，而是可怕的长着翅膀的小恶魔，手里拿着小小的剑。它们的个头是那么的小，泽塔差点就忘记害怕它们了。它们中的一只冲了过来，用剑敲了一下她的头，这把剑虽然小，但被打到后还是和普通大小的剑打到一样疼。

“啊！”泽塔喊了出来，像赶虫子一般驱赶着那个东西。很快更多只飞了过来。她从背包里掏出一把斧子，开始朝它们挥舞，想要尽快扫除这些恼人的东西，让雷恩和其他的射手不被它们打搅。其中一只从背后捅了雷恩一下，让他射偏了一箭，差点击中旁边塔楼上的扎登队长。

“对不起！”雷恩喊道，随后和其他的射手在接下来的一段时间里用精准的箭击落了天空中这些恼人的生物。接着，雷恩瞄准了正在施展另一道魔法的长袍灾厄村民，一支箭重重地刺穿了那描着金线的长袍，顷刻间，这个长袍灾厄村民倒下了。

不过还剩下很多很多个，他们现在都到了墙角下。

“我的弓只有一半的耐久度了。”雷恩气愤地喊道。

“这么快？”泽塔说道，她查看了塔楼里的每个箱子，药水也快用完了，“我们来合作吧。我来扔药水，你来瞄准除掉那些被削弱的敌人，不要给女巫治疗他们的机会。”

雷恩点点头，一伙人开始一个个剔除掉了其他穿着长袍的怪物，直到从下面的地上传来了尖叫声。泽塔跑到塔楼边上向下看，一小队人马聚集在了墙壁附近，准备在墙被打破时进行防御，但现在那些长着尖牙的大嘴又从沙地里钻了出来，咬住了他们的脚，让他们慌了神。

泽塔摇了摇头，向那些穿着长袍的灾厄村民扔出更多药水。只剩下几个了，雷恩结果了他们。但不出一秒，一头劫掠兽就撞向了陶瓦墙。

一块块陶瓦犹如雨点般落下，在沙地中形成一幅抽象的马赛克画。泽塔可能会觉得这很漂亮，但这也意味着褐土沙丘的人们大难临头了。

塔楼下爆发了战斗。扎登队长呼喊着命令，勉强把四散的军团重新编成了队伍。他们举起了石剑，和女巫们、掠夺者们、卫道士们和劫掠兽们战斗着。刚开始，他们还能坚持住，但越来越多的怪物正不断地从墙上的缺口拥入。信标帮助了他们，但信标的能力有限，战场开始扩散到了它效果范围之外的地方。

泽塔把身上最后几瓶治疗药水和生命恢复药水留给了扎登队长和他的战士们，这能起到帮助作用。但她很快就发现，就算加上信标带来的力量提升，自己所做的明显也只是杯水车薪。没人愿意开口承认，但他们现在寡不敌众，正在节节败退。

“后撤！”扎登队长喊道。这句话很简单，但它在泽塔的心中捅出了个大洞。也许她的希望其实也不是无限的。

她脚下的塔楼颤动起来。她再次朝下看着，这次她看到一头劫掠兽正在用头拱着塔楼的基座。那是用脆弱的陶瓦搭成的，一点儿都不牢固。实际上，泽塔脚下的塔楼已经开始碎裂，她甚至不确定塔楼能不能再撑几秒。

接着，她的脚下就不再是塔楼，而只是陶瓦碎屑和空气了，接下来她只看到塔楼塌了下来，她也在一起坠落。

# 第二十二章

周围一片漆黑，周身疼痛难忍，泽塔感觉身边的残骸动了起来，她身上残破的方块被挪走。很快，她感到脸颊上吹来一阵凉风，一双手正移动她，她希望自己被带到安全的地方。

“我在，”那是瑞特的声音，“我们正在往仓库里撤退，那里是安全的。”

他听起来泄了气，但泽塔知道他们在仓库里会很安全。仓库墙壁是铁块搭成的，就算是一头愤怒的劫掠兽也不能打破它。泽塔擦掉了眼边的尘泥，睁开眼睛时，看到瑞特正盯着她。雷恩就在他身后，虽然满身血迹和伤痕，但还安好。

一伙人一起朝大厅溜去，尽量忽视着周围的断壁残垣，还有那些守住最后一道防线，向无尽的袭击者队伍挥着剑，为让镇上的人们可以撤到安全的地方争取时间，背水一战的战士们的呼喊声。

一伙人缓缓登上了大厅的楼梯，来到了建筑深处的仓库。

大门敞开着，整个镇的居民都挤在里面。

“奥斯滕在哪儿？”这是泽塔脑中第一个清晰的想法。家族成员们正在这里互相寻找对方。泽塔甩掉了浑身的痛楚，踮着脚站起来，看着那些脑袋，希望能找到奥斯滕。

在嘈杂的话语声中，泽塔仍然可以听到扎登队长喊着撤退命令的声音。他越来越近了，战斗已经结束了，就是这样。褐土沙丘已经是灾厄村民的囊中之物了，他们会拿走值钱的东西吗？会把建筑破坏掉吗？他们最终会离开吗？

终于，泽塔看到了她的堂弟，长舒了一口气。他看起来疯了一样，即使是刚刚遭受过一场攻击，也显得过于疯狂了。

“奥斯滕！”泽塔喊了出来，跑过去紧紧抱住了他，“你没事吧？”

他摇了摇头。“不，我的意思是，我没事，但是我找不到爷爷奶奶了，他们应该也在这里的。我去农场找他们时他们说会过来，让我先走。但是我找过很多遍了，他们不在这里。你爸爸也不在这里。”

父亲可能还在扎登队长那里，和其他的战士在一起，但奥斯滕说得对，爷爷奶奶应该已经在仓库里才对。

扎登队长带领着最后几名战士到了，泽塔的父亲不在其中。镇长开始拉下拉杆关闭铁块门。

“等等！”泽塔朝玛克辛镇长说道，“我的爷爷奶奶和爸爸，他们不在这里。”

“我们等不了了。”镇长答道。在如此危险的境地中，她的声音却很轻，语气中满是自责。“我们已经发出过警告了，现在必须得关门了。”

泽塔知道她的爷爷奶奶有多么固执，她预感到他们不会丢下农场不管。数十年来那一直是他们的家园，他们一定不会拱手放弃的。

泽塔和奥斯滕交换了个眼神，他们明白该做什么了。

“我们要去农场，”泽塔对瑞特和雷恩轻声说道，“我的爷爷奶奶还在那里。”

“那我们要怎么避开那些灾厄村民？”瑞特说着，兴奋得蹦蹦跳跳，迫不及待地要出发。

“我们？”泽塔问道。

“我可不会让你一个人去。”

“我也一样，”雷恩说道，“不过我们得等一会儿再研究计划。”雷恩指着大铁门，那些活塞正发出一阵阵沉闷的机械声，推动着大门关闭。一伙儿人都朝着那边冲过去，从门的缝隙间溜了过去。大门轰隆一声紧紧关闭，让泽塔的骨头瑟瑟发抖。

“我没有药水了。”泽塔说道。她大胆地从大厅的大门里向外瞧了一眼，几十个灾厄村民还在游荡，在镇子中到处劫掠。他们洗劫商店，烧毁房屋，看起来好像复仇一般。泽塔觉得就算自己有一瓶隐身药水，出去也不安全。

不过她还是看了看她的背包里，希望自己可能忽视了什么东西。她现在只有那把铲子——米切，还有她的铁镐。她拿出了镐。

“如果我们不能从他们身边溜过去，就只能从他们下面走了。”泽塔边说边原地挖了起来，挖穿了大厅的砂岩地面。她向下挖了几格，然后朝着农场方向沿着一条直线用最快的速度摆动起来。

前几分钟，她骨子里还能感受到信标带来的嗡嗡作响的力量，但这股力量随着他们逐渐靠近农场，离开信标的范围而逐渐消逝了。她双臂疼痛，但这不能减慢她的步伐。她的朋友们紧紧地跟在她身后。这里很黑，她什么都看不见，但重要的是她要集中精神。

他们走了多少格？五十？六十？泽塔试着在挖掘时数着数，还好她最近参加了训练，还好她手里这把是铁镐而不是石头的。

她挖得入了神，让挖掘方块的节奏安抚着她疲惫的神经，就像米洛教给她的一样。九十八，九十九，一百……

他们已经走得足够远了。泽塔为保险起见，又向前挖了几块，然后向上挖出去，确定自己的方位。她挖到了泥土而不是沙子，这是个好兆头。不出所料，她来到了一片麦田里。这是种完美的掩护，毕竟她听到了周围灾厄村民游荡的声音。不过只有几个。

“你的弓怎么样？”泽塔问道。

“快坏了。”雷恩抱怨道。

“好吧，但愿还能再射几次。你得帮我处理掉萝卜那边的三个灾厄村民，然后我们就能朝奶奶和爷爷家里跑过去了。”

雷恩点点头，仔细地瞄准着。他一箭都不能射偏，两个灾厄村民倒下了，但弓在第三次发射时坏掉了。那个灾厄村民已经高度警惕起来，如果不解决掉他，他就会去告诉其他的灾厄村民。

“包在我身上。”瑞特说着掏出了剑。泽塔点点头，强忍着自己想要跑出去的心情，毕竟她的双臂在刚才一阵挖掘之后已经和黏液块一样了。三十秒后，瑞特有点闷闷不乐地耸着肩回来了。“好了。至少这次我做对了。我们走吧。”

一伙儿人朝着爷爷奶奶的家跑去。泽塔上气不接下气地冲刺着，追到瑞特身边。“别因为 TNT 大炮的事生气了，你已经尽力了。”

“不，我可以做得更好的，”瑞特回答道，“比现在要好得多。”

“那些射箭的装置也不是特别好。”

“但有用，”泽塔说道，“下一次我们就知道——”

“也许没有下一次了，”瑞特说道，“都是因为我。”

泽塔想安慰她的朋友，但他们刚走到门口，一个盘子就从窗户飞了出来，差点砸到奥斯滕的脑袋。“奶奶！爷爷！”奥斯滕喊道，“是我们！让我们进去！”

这次从窗户里飞出来了一个碗，砸在了瑞特肩上。“哎哟！”他喊出声。

“我们怎么知道你不是想来迷惑我们的灾厄村民？”爷

爷嚷嚷着，“我们看到那些法术了！把我们耍得团团转！”

“我知道咱们所有宠物鸡的名字！”奥斯滕喊道，“灾厄村民能做到吗？有萨尔玛和奈拉，还有尼拉和塔克，还有厄琳和紫罗兰，还有——”

大门敞开了，奶奶马上揪住了奥斯滕的衣领。“你们在外面大喊大叫干什么？不知道我们现在随时可能被袭击吗？”

“但是奶奶——”

“别说了，”接着奶奶对其他人喊道，“快进来。”泽塔和朋友们赶紧急匆匆地进去了。

“爸爸在吗？”泽塔问道。

爷爷点点头。“他想让我们去仓库里，但我们说要留在这里保卫农场。我们不会投降的！”他拿起一颗生土豆，“只要我还有一口气，还有力气把这些扔出去！”

“他在外面的甜菜田里，正在收集种子！”奶奶补充着，拿起一把石锄，像拿剑一样握着，“他说要收集足够多，让我们可以重新开始。我可不想重新开始！我可不会站在这里看着这些野兽践踏我们几年的劳作成果！”

奶奶猛地甩了几下手，差点敲到奥斯滕的头。奥斯滕退到了墙边，好让她施展开来。

前门被打开了，爷爷朝着入侵者丢出了三个土豆，又快又狠，让泽塔十分佩服。

“是我！”她父亲的声音传来。父亲走了进来，揉着额头。泽塔很确定那个地方马上就会出现一块土豆形状的瘀青。“我拿到了种子。我们得去大厅，那边才安全。”

泽塔点点头。“我挖了一条从大厅通到农场的路，一条直穿砂岩的捷径。”仓库的大门虽然关上了，但是也许父亲可以说服镇长再把它打开。

她父亲挑了挑眉。“你一路挖过来的？”

“你当时真应该看看，”奥斯滕说道，“她简直就是个挖掘机！”

“我们的捷径现在不那么便捷了，”雷恩从窗户向外瞟着，“我们有伴了。在我们和逃生隧道之间有几个灾厄村民，他们都有武器。”

泽塔自己也向窗外看去。雷恩说得对，五张灰脸正在隧道口游弋，他们中的两个拿着弩，另外三个拿着斧子。并不是完全没有机会，至少没有劫掠兽，或者那些穿着长袍的灾厄村民和女巫。

“好吧，我们都有什么武器？”泽塔问道。

“我的弓坏了。”雷恩说道。

“我的剑也快要坏了，”瑞特说道，“最多只能再挥几下。”

“我有一百多个生土豆。”爷爷边说，边拍着一个木桶，骄傲地站在旁边，好像里面装的是TNT方块，而不是一整年的土豆。

“我没有药水了，我的镐子也坏了。我只有米切了。”泽塔举起了那把铲子。

奥斯滕脸上浮现出痛苦的神情，泽塔心中也感到了同样的痛楚。虽然她不想承认，但她已经喜欢上那条龙了。它已经成了他们小队的一部分，但现在它走了。她叹了口气。

“虽然我们快没有武器了，但是我们还有主意，我们还有最厉害的恶作剧专家在身边呢！”她说着，看向瑞特。

“泽塔，现在没时间看瑞特的那些小把戏了。”父亲说道，也许他还对上次瑞特用二连活塞把他锁在厕所里那件事生气。

“你错了，爸爸，现在才是最好时机。”泽塔说道。也许瑞特的箭矢发射器和TNT大炮没有他们所期望的那么有用，但是有一件事瑞特可是比谁都能做得更好，那就是恶作剧和陷阱。那些灾厄村民肯定不会知道他们被什么打中了。

“好吧，瑞特。如果你想找个机会改过自新，现在就该你上了！”

笑容浮现在了瑞特脸上，他因为TNT爆炸失败而失去的信心逐渐重新涌入了他的身体。“恶作剧我肯定能做到！”他转向奶奶，“有铁砧吗？”

“有几个，”奶奶说道，“不过大部分都坏得差不多了。”

“没关系。把它们拿过来，”他指挥道，不过他马上想起了要礼貌，加上一句，“可以吗，奈特奶奶？”接着他转向了泽塔的堂弟。“奥斯滕，我需要你帮我在胡萝卜田的沙地上挖一个坑。”

瑞特从泽塔手里接过铲子交给了奥斯滕，然后继续安排着工作，直到大家都忙活起来，在农场四处收集着资源，为灾厄村民们准备着陷阱。十五分钟之后，他们各就各位准备好了。现在周围的灾厄村民更多了，看起来消息传出去了——灾厄村民们巴不得能有一些容易得手的目标。

泽塔可看不下去。

# 第二十三章

泽塔完全不想去当诱饵。但是瑞特还在忙着策划他错综复杂的计划，父亲和雷恩也还在忙着搭建陷阱，爷爷走得太慢了，奶奶的脾气太暴躁，泽塔也不可能让奥斯滕面临如此危险的境地，所以只有她了。

她站在了自己的位置上，小心翼翼地没有直接踩在沙子上，然后朝着一群灾厄村民喊起来："嘿！袭击者们！你们还有一颗绿宝石没拿！"她举起了一颗绿色的石头，它在月光下闪闪发光。

灾厄村民们双眼放光，他们发出了一阵怒吼和欢呼掺杂的声音，然后举着弩和斧子开始朝她靠近。泽塔感到一阵恐惧，差点忘了动起来。但她很快甩掉了恐惧感，躲过了一支箭，那支箭飞过了她身边，射进了鸡棚的围栏里。鸡儿们竖起羽毛，咯咯直叫，不过马上继续气定神闲地走来走去，就像世界不存在袭击者一样。

泽塔不断后退，不断躲避着，心想自己要是除了妈妈的旧靴子，还有更多的防护该多好。另一支箭嗖地从她身边飞过，不过掠夺者们已经快走到沙地上了。他们踩在了沙坑上，沙子马上表演起了拿手好戏，在他们脚下坍塌了。

带领着队伍的那五个灾厄村民掉进了陷阱里。这个深度不至于杀死他们，但是他们一时半会也出不来。接着，泽塔马上跑向喂猪的食槽。这是一个屋顶很低、墙壁透风的地方，砂岩的地面很容易打扫。现在上面摆满了压力板，大约有二十个，它们被四散排开，像一个迷宫一样。

泽塔小心地一步一步前进着，试着记起瑞特告诉她的正确路线——从右边的第五格开始，往前走三格，往左两格，往前三格，往右两格，还是三格？

泽塔停下了一会儿，试着回忆起来。她肯定走错了，因为现在她周围全是压力板，除了后退无路可走。她听到胸口剧烈的心跳声，但随后她才发现那其实是接近的灾厄村民们沉重的脚步声。她不想激活陷阱，但她不记得接下来要怎么做了。她离泥土只有三格距离，如果她拼尽全力，也许可以跳过去。

也许吧。

泽塔退到了方块的边缘，稍微冲刺了一下，然后拼尽全力从压力板上面跳过去。她落在了食槽的另一边，一支箭刚好落在她刚才站的地方，好险！

愤怒的灾厄村民们钻进了食槽区，但都没有发现砂岩地面上的压力板。他们中的三个踩到了压力板，四块砂岩方块从周围的地面升起，围住了他们，让他们动弹不得。其中的两个拿着斧头，他们构不成威胁了，但另一个拿的是弩，对着泽塔举起来射了一箭。

那支箭插进了泽塔的大腿里，她痛得喊了出来。

剩下的灾厄村民都朝着泽塔过来了，但此时一颗土豆打中了其中一个的头，另一颗随之而来。恼火的袭击者们哼了一声，转向土豆攻击的方向，朝着土豆田走去。

接着，泽塔听到了从门口传来的一声更加响亮的呼喊声，那是奶奶。她磨尖了锄头，铁刃闪闪发亮。她冲向了射中泽塔的那个掠夺者。

“奶奶，不要！”泽塔呼喊着。但为时已晚，奶奶朝着掠夺者挥出了锄头。他试着反击，但奶奶离得太近了，随着掠夺者消失在一团烟雾中，奶奶笑了起来。他留下了一把弩和几支箭，奶奶把它们捡了起来，眼神坏坏的。泽塔突然间十分庆幸奶奶也加入了他们。

“也许你应该把这些给雷恩。”泽塔建议道，痛苦得皱着眉。

“不可能。”奶奶说着，瞄准了一个朝着土豆田走去的灾厄村民。泽塔看到爷爷正想逃跑，但他跑得不够快，灾厄村民们正在一点点接近他。奶奶射出一箭，插进了一个灾厄村民的背。奶奶射出了第二箭，直接让他灰飞烟灭。泽塔看着奶奶丢下弩，再次拿出她的锄头，跑去攻击剩下的两个灾厄村民，爷爷也在继续扔土豆。泽塔不知道该哭还是该笑，或者让担忧笼罩她。奶奶一会儿就解决了剩下的两个灾厄村民。不过泽塔听到从畜棚方向传来的呼喊声时，马上就笑不出来了。

更多的灾厄村民朝这边来了。

“我们得回到屋子里！”泽塔说着便爬起来。她还很疼，但是还能走路，要是农场没有离信标那么远就好了。不过她的伤情还算稳定。她步履蹒跚地走向屋子。但她太专注于往安全的地方前进，完全忘记了小心脚下，直到她伸出手打开大门时听到了一声咔嚓声，瑞特在最后一刻把她拉到了一边，同时三个老旧的铁砧从屋顶掉了下来。

“这个陷阱算是白费了。”瑞特说道。

“谢谢，”泽塔说道，“但是现在只有几个陷阱可不够我们用了。”她指向畜棚的方向，那边聚集了另外二十个灾厄村民。

“大家快进来！”瑞特喊道，把所有人带到侧面的入口。奶奶和爷爷跑着过来了，父亲和雷恩也来了。瑞特关上了门。

“好的，”泽塔说着，“我们得重整旗鼓，想出另一个脱身的办法。如果我们能让他们分心——”

泽塔环视四周。“等等，奥斯滕在哪儿？”

泽塔跑到窗边，她吓呆了，她看到堂弟正在外面仅仅拿着一把铲子在灾厄村民面前抵抗。“他在外面！我们得救他！”

泽塔完全不顾腿上的伤痛，冲向了畜棚，她希望能赶到……然后呢？用麦秆抽灾厄村民的腿吗？没关系，只要她能过去就好。

突然间，天空中传来咔嚓的声音，像是一场罕见的沙漠雷暴正在接近，田野中的麦子在不祥的微风中轻轻摇荡。但褐土沙丘从来没下过雨，这是镇子历史上从来没有发生过的事。随着刺耳的拍动声逐渐接近，泽塔和奥斯滕都抬头看去，满心期盼着能在夜幕中看到巨龙的黑色身影。泽塔只能大致看出和天空的星星混在一起的那对紫色双眼，它们在动，而且越来越近。

巨龙来帮助他们了，这让泽塔轻松了一些，但巨龙俯冲下来时，泽塔才万分惊异地发现它已经变得多么巨大，多么可怕。它已经是之前的两倍大，她印象中的那些小狗一般的特征消失得无影无踪。泽塔轻松的心情马上被恐惧所取代，她脊背直发凉。

这是所有敌对生物中最有敌意的那个。

“它又蜕皮了！”泽塔和奥斯滕齐声说了出来。

巨龙朝着离泽塔和奥斯滕最远的那些灾厄村民喷出了剧毒，紫色的云雾不断对他们造成伤害，直到他们消失得无影无踪。巨龙再次俯冲下来，朝着一个正在朝着它几乎坚不可摧的鳞甲射入一支又一支箭的掠夺者冲去，就算感到疼痛，它也没有表露出来。

巨龙用鼻子撞向了那个掠夺者。掠夺者发出嗷的一声叫，就飞向了农场的另一边，落到了猪棚里，刚一落地就消失了。

巨龙的尾巴干掉了另外几个掠夺者和卫道士，只留下了几个存活着。

奥斯滕举着米切，用它的手柄挡住了卫道士的斧子的一击。卫道士朝着奥斯滕咆哮起来，然后抓起那把铲子把它掰成了两半，让奥斯滕手无寸铁。

卫道士正把米切的残骸扔到地上，巨龙发出了一声悲鸣，震动着泽塔的耳膜，让她的五脏六腑都扭成一团。那声音就像一千只狂暴的蝙蝠的尖啸，不断提高着音调，直到把奶奶和爷爷的房子的窗户都震碎了。

“退后，奥斯滕——”泽塔朝她堂弟喊道，但她的声音被巨龙的悲鸣声淹没了。

“什么？”奥斯滕大声回应着。

巨龙的双眼瞄准了那个弄坏了它最爱的玩具的卫道士，眼中燃烧着怒火。它鼻孔喘着粗气，扇动翅膀高高地飞到空中，然后将翅膀收紧在身上开始下降。泽塔发现它并没有慢下来，事实上，巨龙正在加速降落。

泽塔朝奥斯滕打着手势，示意他离开，奥斯滕马上跑起来，尽力和巨龙拉开距离，此时巨龙正一头扎向土里。

前一刻还站在那里的卫道士被捣进了地里。巨龙依然没有停下，随着巨龙穿过地面，整个麦田变成了一个大土坑。随后，它钻了出来。

农场里的所有灾厄村民都消失了，但巨龙看起来依然很愤怒，奥斯滕跑到米切的残骸旁边，但它现在只是一堆木屑了。他张开双臂，朝着巨龙走了几步，但泽塔把他拉了回来。

“绝对不行！”泽塔朝他喊道，“你没看见刚才——”

“是龙，”奥斯滕恳求道，“我们的龙。”

泽塔摇了摇头。也许它曾经是，但现在不是了。巨龙继续肆虐着，飞过了畜棚，把它夷为平地。终于，巨龙朝着远处飞走了。虽然造成的破坏不小，但是至少刚才没有居民在外面，他们都安全地待在——

“哦，不！”泽塔说着，看到巨龙朝着镇子转了回来。她不是很确定，她不想确定。但看起来巨龙正直直地朝着大厅进发。

# 第二十四章

泽塔眨眼的工夫，大厅的一半已经不见了，被巨龙的撞击撕裂了。砂岩方块和陶瓦方块满天飞，不过看起来仓库还坚挺着。泽塔看着巨龙高高飞上天空，扇动着那对巨大的翅膀，她能感到身边的空气都在翻腾。

巨龙瞄准了还在四处劫掠的灾厄村民，把他们一个一个解决了。在这个过程中，它也彻底毁掉了钟楼，铜钟凄惨地发出哐啷一声，奏响了最后一个走调的音符，声音回荡在褐土沙丘之间。那只愤怒的野兽用鼻子撞向了最后一个袭击者，在曾经繁荣的广场留下了一道满是乱石和倾覆的沙子的伤痕，水井无处可寻，没有什么还是完好的。尘土灌进了泽塔的肺，她咳嗽起来，费力地呼吸着。她挣扎着站起来。

是啊，灾厄村民的袭击过去了，但代价是什么呢？

不过在泽塔可以开始思考这个沉痛的问题之前，她发现巨龙又在慢慢地转身，向着镇子飞回来。“住手，龙！”她轻声嘟囔道，“停下，龙！”她这次更大声地说了出来。巨龙用紫色的双眼瞄了一眼泽塔，但马上把注意力转回到目标——那个破破烂烂的大厅。

袭击者们被击败了，但巨龙没有停止攻击的势头。泽塔很想背过身去，她看不下去了，这一切都是她的错。她不应该跑去姑妈家的，她不该碰那个龙蛋的，她不该把这个秘密隐藏那么久的……

现在除了看着灾难发生，别无他法。

随着巨龙接近大厅，天空中滑过了什么。又是一只那些长袍灾厄村民召唤出的带翅膀的恶魔？不对，没有那么大。那个身影看起来像一个人。那个人看起来又很像梅丽尔姑妈，她极快地接近着，两团白色头发在风中剧烈摇摆。

她等到最后一刻才停了下来，随着她优雅地落在地上，背后的双翼披风也舒展开来。

“嗯？什么？”泽塔说着，还没喘过气来，她仍然不是很清楚自己看到了什么。“鞘翅。”她自己轻声说道，想起了奥斯滕在日记中写下的东西。这些翅膀是在末地城，还是什么里找到的。

梅丽尔姑妈看向泽塔的眼神锐利得能在沙漠里划出一道几千米长的峡谷，但她只瞪了自己的侄女一眼，因为巨龙已经开始俯冲，马上就要毁掉仓库了。

梅丽尔姑妈对巨龙发出一声刺耳的口哨声，然后喊出了一些陌生的话语，听起来很像末影人的尖叫声。

巨龙看向梅丽尔姑妈，哼了一口气，在最后一刻停了下来。它又缓缓地转了个弯，但这次朝着泽塔来了。

泽塔刚要起身跑开，梅丽尔姑妈就抓住了她的衣领，把她拉了回来。“坚持住，”她轻声说，“不要向巨龙展现恐惧。”

泽塔睁大了眼睛。她怎么会不恐惧？她一生中从来都没有那么害怕过。她站在那里，抖如筛糠，感觉心快要吐出来，但她坚守着阵地，巨龙再次用眼睛瞄了她一下。它飞过了她头顶，这一瞬间，泽塔感觉自己犹如在一场沙暴之中。

虽然双腿完全坚持不住了，但泽塔仍然挺立着。接着，就在她以为一切都结束了的时候，巨龙尾巴的尖端垂下来，轻柔地敲了一下她的头，至少在巨龙看来是轻柔的。

虽然她还是会头疼好几天。

巨龙落在了曾经是塔楼的那堆废墟上，栖息在上面，依然扇着翅膀。它盯着梅丽尔姑妈，梅丽尔姑妈还在用那种沙哑刺耳、一定很伤嗓子的语音和它说着话。巨龙终于安静了下来，看起来泄了气，还有些羞愧。

“你可以解释一下为什么一条快要成年的末影龙会在广场上吗？”梅丽尔姑妈对泽塔说道。

“这是一系列糟糕决定的结果。”泽塔嘟囔着，害怕得说不出更多话。

“但它救了我！”奥斯滕说着，从她们身后跑来，“巨龙确实把灾厄村民的袭击击退了。如果没有它，谁知道会发生什么呢？”随着奥斯滕逐渐靠近，巨龙的尾巴开始抽动起来，好像还能依稀记起什么，不过就连奥斯滕也不敢直视它的眼睛。他们不可能再把这条巨龙当朋友了。虽然现在它的破坏力被压制住了，但情况随时都可能改变。

“她挽救了农场，”奶奶说道，“如果泽塔没有回来找我们，我们所有的收成可能就都没了。”

爷爷坚定地站在妻子身边，手里还攥着一颗土豆，冷眼看着巨龙。瑞特和雷恩点着头。渐渐地，居民们走出了仓库。大多数站在后面，离巨龙远远的，但玛克辛镇长走近了。

“泽塔拯救了镇子，是她的主意让我们有了保护自己的机会。”她用那种他们独有的心照不宣的奇怪眼神看向泽塔的父亲，点了点头。

“也许魔法在褐土沙丘能有一席之地，泽塔，”父亲说道，虽然他说出了泽塔的名字，却看着他的妹妹，“我错了，这个镇子完全容得下一位酿药师，或者两位。”

梅丽尔姑妈身体僵硬起来，清了清嗓子，擦拭了一下眼角。“眼睛里进沙子了，”她嘟囔一声，“总之，我得把这条龙带回属于它的地方，肯定不是这里。褐土沙丘很幸运，因为巨龙还没有经历最后一次蜕皮；整个主世界也很幸运，因为它还几乎完好。”

梅丽尔姑妈转身准备离开。她把两根手指放到嘴边，准备向巨龙吹口哨，不过在这之前，泽塔喊了出来：“等等！一会儿就好！”

泽塔跑到了工具店，从库存里找出了一把石铲。她在店里的柜台上匆匆留下了一张潦草的欠条，然后跑向扎登队长，朝他耳朵里轻轻说了什么。她需要他帮忙的时候到了。他点点头，拿过了石铲，匆匆跑开了。

“谢谢大家，不过如果没有你们每一个人在，我是不可能成功的。我们一起抵御住了这次袭击，我们所有人。”泽塔叹了口气，“不过，我也要和大家说声抱歉。爸爸，我不该对你隐藏真相。梅丽尔姑妈，我毁掉了你的药水，弄破了你的龙蛋。”

“别忘了你还差点做出了一只凋灵！”瑞特说道，还是一点儿忙都不帮。

“是啊，看来还有那个。”泽塔耸了耸肩，“我对不起我的朋友们，把你们拉进了这个烂摊子。对不起这个小镇，让它变得如此破烂不堪。不过我保证在每个方块都摆好，每座建筑都修好之前，我哪里都不会去。”

扎登队长拿着石铲跑回来了，它闪耀着附魔的紫色光芒。大家都惊讶地看着它。“经验修补，四级，完全按照你的要求。”他说着，好像在封泽塔为骑士一般，把那把石铲交到她手中。

泽塔向扎登队长轻声道谢，接过了石铲。她从背包里拿出一块煤，在石铲面上画上了眼睛和一张笑着的嘴巴。它不能代替米切，但有了高等级的经验修补附魔，但愿这把石铲可以自行修复，在巨龙的啃咬下坚持很久很久。

“我最对不起的，其实是龙，我没有相信你。”泽塔先向巨龙靠近了几步。不过当龙看到那把闪光的石铲时，身上的敌意便彻底消失了，这也让泽塔鼓起勇气，更靠近了一些。“你真是棒极了。要不是我打破了你的蛋，我也不会认识你，这几乎是一件让我开心的事。”

泽塔吞下一口气。“几乎。”

她把石铲交给梅丽尔姑妈。“我们用这个——”

“你不用解释，”梅丽尔姑妈眨了眨眼，“这不是我第一次照料末影龙了。”她把石铲装进了背包，“看起来你做得不错，泽塔。我希望你不会很介意帮我照看一阵家里。”

“当然，没问题！”泽塔说，然后看向她的父亲，“可以吗？”

父亲点点头。“建镇日下个月就要到了，”他对妹妹说道，“我们会在餐桌上给你留个位置的，希望你愿意加入我们，梅丽尔。”

“到时再说吧，卡尔，”梅丽尔姑妈说，“如果我那个时候已经回来了。”

“从哪里回来？”奥斯滕问道。就算龙造成了那么多破坏，他还是很担心龙。泽塔也有同样的担忧，其实她内心深处并不想巨龙离开，她不想放弃那个想法，或许，只是或许，它可以成为褐土沙丘的顶级保卫者。也许他们再努力训练一下巨龙，它就可以抵御他们的镇子面临的任何威胁，保卫他们的安宁。

不过，此时泽塔看着她身边的朋友们、家人们和小镇的居民们，她明白了，褐土沙丘已经可以保卫自己的安全了。

他们会齐心协力，用自己的能力和彼此相亲相爱的情感，让小镇繁荣发展下去。

“哪里？我想你已经知道了。”梅丽尔姑妈朝奥斯滕眨了眨眼。

大 结 局

# 致　谢

我是在三年前才在游戏中砍下我的第一棵树的，当时我躲在勉强搭建成的泥土小屋里躲过了危机重重的第一个夜晚。我仍然记得我第一次开采到钻石的喜悦感，以及不久后我便被骷髅击退到大熔岩池中，失去那颗钻石的悔恨感。自那时起，我在《我的世界》这款游戏中经历了许多许多。谢谢你们，我亲爱的读者，谢谢你们伴我一同前行。

能够为《我的世界》小说宇宙添砖加瓦，让我感到无比荣幸。我衷心地感谢整个游戏社区的付出。特别感谢设计师与开发者为我们提供了《我的世界》这个平台。感谢那些视频制作者，他们的创作与激情引来了数百万次的播放。感谢那些使用《我的世界》周边 T 恤和背包的玩家，他们宣传这个游戏，为我们带来了更多的新玩家。谢谢所有在幕后施展魔法的人们。最后，我还想谢谢魔赞工作室委托我来叙述这个故事，谢谢詹妮弗提供了这个机会。最后，我们还要感谢所有使冒险璀璨生辉的爱丽克丝们。

# 作者简介

尼基·德莱登是来自美国得克萨斯州的系统分析师和作家。她的处女作《众神的猎物》刊登在《纽约时报》和《华尔街日报》。她在小说创作领域笔耕不辍，已发表30多篇故事。